お隣の天使様にいつの間にか
駄目人間にされていた件
佐伯さん
イラスト はねこと
Vol. 5.5

「足を滑らせて……失態です」

真昼が、小さく「あ」と
言葉には満たない、幼げな声をこぼした。

「……何で今の
ゲームオーバーなんですか。
当たってないです」

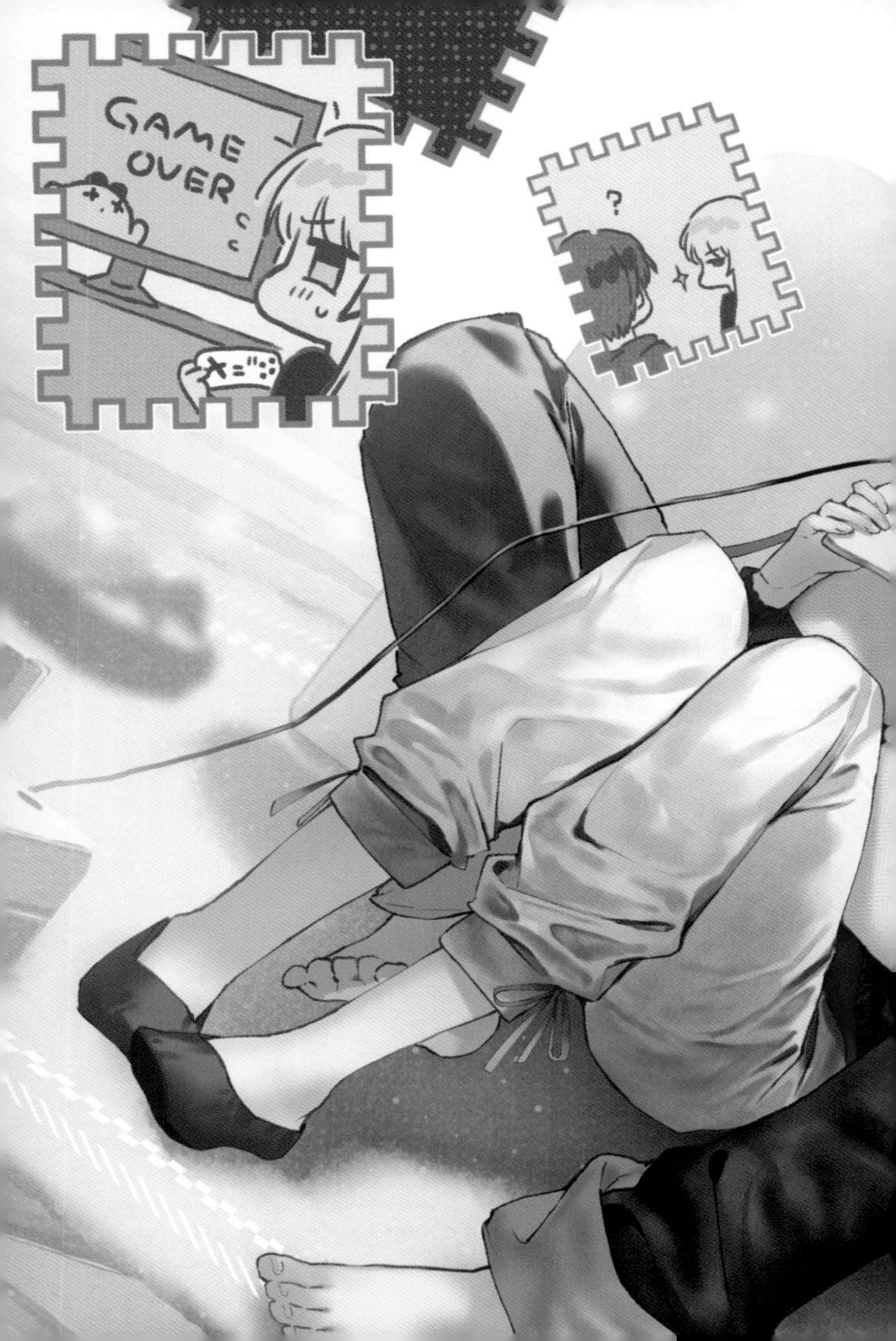
GAME
OVER

# 目次

藤宮周

進学して一人暮らしを始めた高校生。
家事全般が苦手で自堕落な生活を送る。
自己評価が低く卑下しがちだが心根は優しい性格。

椎名真昼

周のマンションの隣人。
学校一の美少女で、天使様と呼ばれている。
周の生活を見かねて食事の世話をするようになる。

# お隣の天使様にいつの間にか駄目人間にされていた件 5.5

佐伯さん

GA文庫

カバー・口絵・本文イラスト
**はねこと**

# 好きなものは好きで何が悪い

周《あまね》は、動物の中では一番猫が好きだ。

大体の動物は好きだが、その中でもいっとう猫が好きだった。

幼少期、両親に動物園や水族館、牧場などに連れて行ってもらった記憶があるが、結局一番親しみがあり好きなのは近所の猫だった。将来一人暮らしをした時には猫を飼う、と漠然と考えていたくらいだ。

とはいえ、年齢を重ねるにつれて、あまりにおおっぴらに猫が好きだとは言わなくなった。

中学に入る頃には近所の家猫《いえねこ》は寿命を迎えていて接する事はなくなったし、同級生に猫が好きな事を馬鹿《ばか》にされてから心に秘めるようになったのだ。

そして高校に入った今は、マンション住まいで野良猫《のらねこ》はあまり見ないので、猫と戯《たわむ》れる機会なんてものはなく、ただ動画で猫の日常を見る程度になっている。

その、よく見ている動画チャンネルの猫の写真集が出る、という事で周は発売日に書店に行ってゲットしてきた。

一応予約はしていたものの、クリスマス商戦付近に発売という事で、何かの間違いで本が手に入らない、なんて無駄な心配をしてしまった。

その日の学校は少し落ち着かずそわそわしながら過ごして、帰りに本屋に寄って後は家で見るだけ、の状態だったのだが。

「おかえりなさい。外寒かったでしょうから何か飲みますか？」

家に先に真昼《まひる》が居て、周は固まった。

別に、家に真昼が居る事自体はおかしい事でもなんでもない。

周は書店に寄り道した上、スーパーで本日の夕ご飯の材料を購入するよう頼まれていたので、買い出しをしてから帰ってきた。

真昼が学校から直帰すれば当然に周より帰宅は早いだろう。

ごく自然に出迎えてくれた真昼は、気分よく帰ってきた周の顔を見て、ぱちくりと瞬《まばた》きを繰り返している。

「何だか上機嫌そうでしたね」

「まあ、な」

欲しかった猫の写真集を手に入れて機嫌がいい、なんて気恥ずかしくて言える筈《はず》もなく、曖昧《あいまい》に返したのだが、それが逆に真昼の気を引いたらしい。

「……どうかしたのですか？」

「え、い、いや、別に……何でもない」

「何でもないような顔ではないのですけど」

「本当に何でもないんだ」

気恥ずかしさから視線を逸《そ》らして話題を流そうとするのだが、逆に怪しかったらしく真昼のカラメル色の瞳《ひとみ》はゆっくりと細められる。

基本的に私生活には干渉しないという暗黙の了解こそあるが、何か問題行動があったなら話は別になる。

真昼からすれば今の周の態度は怪しいと言っても過言ではないだろう。

じいっと、視線を向けられる。

隠しているのは疚《やま》しい事ではないが進んで言いたいわけでもないので、疑われてどうしたものか、と悩む事になっていた。

目がつい泳いでしまうのだが、それがまた怪しさを呼んでいるようだ。余計に真昼の視線が鋭くなった。

その視線が書店の袋に向かったので、なるべく目を引かないようにスーパーの袋を真昼に持ち上げてみせた。

「別になんでもないから気にしないでくれ。材料を冷蔵庫に入れてくれるか？　冷凍食品も入ってるからさ」

「それは分かりましたけど、何か不自然なような」

「気にしないでくれ頼むから」

そう言って真昼にスーパーの袋を押し付けようとしたところで、手首から本が入った袋が滑り落ちた。

幸いといっていいのか、買い物袋自体は真昼の手に渡った後だったので被害はないが——見せないように努力していた写真集が、どさっと音を立てて床に落ちた。

これがまだ人間が写った表紙ならまだ誤魔化《ごまか》せたのだろうが、表紙は可愛《かわい》らしく目をまんまるにした猫のドアップ。可愛い猫を写しましたとこれでもかとアピールしている図である。

沈黙が訪れた。周にはおまけに絶望も訪れた。

突然の事に同じように固まっていた真昼だったが、先にフリーズがとけて落ちた写真集を拾い上げる。

何か言われるんじゃないのか、と身構えたのだが、真昼はつぶらな瞳を見せる表紙に「わぁ可愛い」と柔らかな笑みを浮かべた。

それから、そっと軽く埃《ほこり》を落として、周に手渡してくる。

「もしかしてこれ買いに行って遅くなったのですか？」

「……悪いかよ」

素っ気ない響きになってしまったのは、襲い掛かる羞恥《しゅうち》のせいだ。

つっけんどんな物言いにも真昼は気分を害した様子はなく、ただ穏やかというか微笑《ほほえ》ましそうな表情を湛《たた》えている。

「いえ、悪くないですけど、逆に不思議で。疚しいものでもないでしょうに、変に隠すからちょっと怪しんじゃいました」

「わ、笑われるかと思って……」

「人の趣味をあげつらって笑うような人間に思われていたなら心外なのですけど。そんな事はいいませんからね？」

「そ、そうじゃないけどさあ……わざわざ写真集買うくらいに好きなのかってにやついてくるやつも居るし」

「別に公序良俗に反するものでもないですし、人に迷惑をかけるでもないのですから、好きになろうが写真集買おうが自由なのでは？　人の趣味にとやかく言ってくる人は大体何の趣味でもいちゃもんつけますよ」

　実にさっぱりとした言葉で、周のちょっとしたしこりを切り落とした真昼は、もう書店の袋に何も入っていない事に何故《なぜ》か安堵《あんど》した様子を見せている。

「周くんはそういう事気にしなくていいのに。あまりにこそこそとしているものですから、一瞬いかがわしい本でも購入したのかと思いました」

「んな訳あるか！」

男子高校生がこそこそと隠れて何かを持っていたらそういう疑いを持ってしまうのは仕方な

いし、そこに関しては周が悪いが、あらぬ疑いを持たれて若干肝《きも》が冷えた。

そもそも学生服では書店の方も売らないだろ、という妙に冷静なツッコミが頭の中で浮かんだが、真昼が「まあ周くんは違うと思いましたけど」と理解している様子だったので飲み込んでおく。

「絶対あり得ないと断言しておくけどさ。……ちなみに、もしそうだったら?」

「年齢的に許されていないものをどうして所持しているのか聞きますね。ご興味があるのは分からなくもないですけど、ちゃんと高校を卒業してから所持すべきですね」

「そこで不潔とか言わないあたり真昼らしい」

「まあすけべくらいは言ったかもしれませんね」

「持ってないので安心してください」

「そうですか。まあだからといって何なのという話ですが」

興味なさそうに切り捨てた真昼に思わず苦笑いしてしまうのだが、確かに、周が所持していようがいまいが真昼には関係ない話だ。

お互いに私生活には立ち入らないし、双方に悪影響や害が及《およ》ばない限り、どう過ごそうと自由なのだ。

(気にしすぎなくてもよかったんだな)

普通通りにしていたら真昼も写真集に気付かずにスルーしていただろうから、周が勝手に自爆したただけだ。

自分でも馬鹿だな、と思いはしたものの、真昼に肯定された事で少しだけ胸の靄《もや》が晴れている気がした。

どこかすっきりとした感覚を抱いた周の心を知ってか知らずか、真昼は淡白な表情で洗面所の方を指し示した。

「ほら、手を洗っていらっしゃい。その写真集を見るにしてもまずは帰ってからのルーチンを先に」

「分かってるよ」

帰ったら手洗いうがい着替えは習慣づいたものなので、やらないという事はないのだが、なぜわざわざ言ったのか……と思ったところで、少し真昼が気まずそうに視線を逸らす。

「……その」

「ん？」

「……後で、見てもいいですか？」

何を、とは言わなかったが、真昼が見たいものはよく分かったので、周は自然と浮かぶ笑みを隠す事もせずに真昼に向けた。

「ああ、構わないよ」

「よかった、すごく可愛い猫ちゃんだなって」

「そうだろ」

「何で周くんが誇らしげなのか……」

微妙に呆《あき》れた様子だったが、それでも馬鹿にしたりはせず、むしろ穏やかな微笑みを見せてくれた。

その笑みがふわりと胸を温かくしてくれるのを感じながら、帰りがけよりなんとなくいい気分で洗面所に向かう周であった。

# 日課と思い出の食事



「……何書いてるんだ？」

夕食後、皿洗いを済ませると真昼《まひる》がソファに座って何やらノートに書いていた。

学校の課題かと思えばそういう訳ではなさそうだが、中身を見るのも失礼なので凝視《ぎょうし》する訳にもいかない。

後ろを通った時にちらりと見た感じだと、ノートには几帳面《きちょうめん》な文字で書かれた料理名が並んでいたように見えた。

真昼は周《あまね》が隣に座る事にも慣れてきたようで、周が腰掛けた事に反応せず、黙々とボールペンを動かしている。

「昨日の夕飯の献立ですね。何作ったかメモしておくと後々役に立ちますので」

ワンテンポ遅れての返事は、実に淡々としたものだ。

「料理を作る身として、このあたりは管理しておいた方がいいと思いまして」

「細かいなあ」

「作ったメニューを記録するだけの単純なものですよ。私は割と同じものを食べ続けられる人間ですけど、同じものばかりでは栄養バランスとしてもよくないですからね」

周もどちらかといえば同じものを食べ続けられる側であるが、色んなものを食べられるならそれに越した事はない。

そもそも真昼は様々なレパートリーを持っているので、同じものを続けて作る事はない。精々前日の残りのカレーやミートソースをアレンジして使う、くらいだ。

思い返さずとも、野菜肉魚卵豆製品乳製品、とバランス良く食卓に盛り込んでくれているのは分かる。

細かいところまで気を使ってもらっているのだ、と思うとありがたい反面申し訳なさが滲《にじ》んできた。

「なんというか、本当にありがたい話だよ。拝んどこ」

「やめてくださいよ、私の自己満足でしているだけですし。栄養管理する分には記録がある方が楽なのですよ。それにもし何かあった時に食べた物におかしなところはなかったか、と確認出来ますので」

「そりゃそうだろうが、律儀だなあって。偉いというかなんというか」

「褒められたくてしている事ではないですけどね。後々便利なので、習慣づけているだけです」

「それでも偉いなあと」

「……それはどうも」

本当に、掛け値なしにすごい真面目《まじめ》だなと感心してしまう。

「俺《おれ》は基本的に食べる専門なんであまり料理名自体ぱっと浮かばない人間だからさ、こうして工夫してるのは純粋にすげーなって」

「……そういえば周くん、食べる専門の割には食卓に出されたらある程度料理名分かりますし割と味覚が鋭いですよね。私が作るようになるまでカップラーメンやレトルトばかり食べていたみたいなのに」

「実家で両親……どちらかといえば父さんかな。父さんが色んなものにチャレンジしてたし、いいものは食べさせてもらってたからな」

料理を作らないからといって舌が鈍いかと言われたら違うだろう。

料理評論家が皆完璧《かんぺき》な料理の腕前だとは限らないように、料理が出来ずとも味の感じ方は磨けるものだ。

周は両親、特に父親が料理上手だったし、定期的に色々な食事処《しょくじどころ》に連れて行ってくれるタイプの人間だったので、食べ比べをさせられているうちに自然と舌が肥えたのだろう。

お陰で評価の基準がやや厳しくなって育ってしまったので、一概によかったとは言えないのだが。

「……なるほど。そういう事でしたら納得です。私もそのようなものでしたからね」

特に違和感もなく納得したらしい真昼だが、その表情は晴れない。

恐らく、ではあるのだが、家庭環境に起因するものなのだろう。

真昼の事を詳しく知らないし、他人では踏み込めないので、それ以上は言及する事を控え、周は先程までボールペンが走っていたノートを見やる。

「それ、見てもいい？」

「これですか？　構いませんけど、あまり綺麗《きれい》にまとめている訳ではありませんよ」

「そんな事はないと思うが、それでもいいから見たい」

真昼は周のお願いを特に渋る事もなく、あっさりとノートを手渡してくる。

礼を言ってからノートを開くと、真昼らしい整った綺麗な文字で日付順に今まで約三か月分の献立名が細かく書いてある。

ノートのつけ始めは、初めて周と真昼が食事を共にした日からだ。

味噌汁《みそしる》や煮魚、青菜のおひたしにだし巻き卵と懐かしいメニューが羅列されていて、つい懐かしさに笑みがこぼれてしまう。

あの頃《ころ》より随分と周に対する態度は柔らかくなったんだよな、と思い返しながら、ぺらぺらと思い出を振り返るように懐かしみながら捲《めく》る。

基本的に色々なジャンルの料理を献立に盛り込む真昼であるが、こうして改めて確認すると和食が多めになっている。

真昼は周が卵好きなのもよく知っているため、卵料理も頻繁に食卓に並んでいて、色々と気を使ってもらっていたんだなと痛感する。

「あ、これすげー美味《うま》かったやつだ」

途中で、真昼が作った卵料理の中ではだし巻き卵の次に好きと言ってもいい卵巾着煮《きんちゃくに》を見つけて一人でテンションが上がってしまう。

隣の真昼は呆《あき》れたというよりはうっすらと微笑《ほほえ》ましそうな色を滲《にじ》ませていた。

卵巾着煮は油揚げに卵を閉じ込めて甘辛く煮付けた料理であり、真昼的にはそんな難しいものでもないらしく「そんな手間はかかってないんですけどね。美味《おい》しいですよね」と柔らかな声で口にする。

勿論《もちろん》、手が込んでいるものを美味しいと言ってもらえた方が嬉《うれ》しいんだろうな、というのは分かっているが、真昼が作ったものは何でも美味しいので後は好みの問題になってしまう。

「……卵、好きですよねほんと」

「卵は素晴らしい食品だと思うぞ？　煮ても焼いても茹《ゆ》でても揚げても蒸しても燻《いぶ》しても美味いし、たんぱく質もたっぷりだ。毎日食べたい」

「栄養価的には確かにバランス良いですし最低一日一個は食べたいものですが、周くんほど好きなのも珍しいですよ」

「そうか？　だって好きだからなあ」

「……卵の巾着煮、食べたいのですか？」

「え」

急な申し出に固まった周にも、真昼はいつもの静かな表情のままだ。

催促をしたつもりは一切《いっさい》なかったのだが、どうやら卵への愛を熱弁した事で気を使わせてしまったようだ。

「なんかごめんな」

「いえ、どうせ卵をそろそろ使い切って、新しいものを買おうと思っていましたから。まあ、明日は献立決まっていますけど、明後日《あさって》なら調整すればよいですから。これに合わせて別の副菜をいくつか合わせれば栄養面では問題はないので、これくらいのリクエストなら受け付けて……」

「ほんとか?」

つい、嬉しさに真昼を凝視してしまう。

視線を受けた後何故《なぜ》か咳払《せきばら》いをした真昼が「……構いませんよ」と小さく返したのを聞き逃さず、周は自然と緩《ゆる》む頬《ほお》をそのままに「やった」とこぼした。

「や、明後日が楽しみだな」

毎日真昼の料理を楽しみにしているが、好きなものを作ってくれるというのなら尚更《なおさら》楽しみになってくる。

明後日は体育で何のためにあるんだと問いたい、地獄のマラソンが入っていたが、それすら

真昼の料理を楽しみにして走り切れそうな気がした。

「……喜んでいただけるなら作り甲斐《がい》があるというものです。まあ、周くんは何でも美味しいって言ってくれるタイプですけど」

「そりゃ美味いもんは美味いんだから言うだろ。真昼が作ると何でも美味い」

「……ありがとうございます」

「毎日の楽しみだからなあ。いつも助かってる、ありがとう」

ありのままの気持ちを伝えたつもりなのだが、露骨に目を逸《そ》らされて微妙にショックだった。

居心地悪そうに身動《みじろ》ぎした後、そっと吐息を落とす真昼はどこか疲れているような様子だ。

「あんまり褒めても、何も出ませんよ」

「美味しいご飯が出てくるだろ」

「……そういうところは本当に周くんの美点ですよね」

「何がだよ」

「何でも、です」

とうとうそっぽを向いてしまった真昼に何か気分を害すような事を言ってしまったのかと慌てた周だったが、そんな周の狼狽《ろうばい》など知った事かとしばらく目を合わせてくれない真昼であった。

# 皆の知らない良い所

この人は割と良い部分が表に出ないから損をする人なんだろうな、というのが、真昼《まひる》が抱く周《あまね》に対する感想だ。

まず、元々の口が少々悪いので、それだけで取っ付きにくい印象を与えている。

ただ下品だったり人に対して暴言を吐くような意味合いでの口が悪いではなく、素っ気ない、というものであり、よく聞けば喋《しゃべ》っている事自体は普通の事だ。

顔立ちは悪い訳ではなく、どちらかと言えば整っている方ではあるが、長めの前髪に俯《うつむ》きがち、そしてやや鋭い目つきが人を寄せ付けないのだろう。

真昼も、きっかけがなければその本質を知る事がなかったのだ。

(色々と勿体《もったい》ない人なんですよね)

ちゃんと中身を見れば善良で紳士的な男性なのに、と思いつつ、隣で静かに課題をこなしている周を見る。

冷たそうに見えて実は穏やかな表情をしている周は、真昼の視線に気付いた様子もなく無言でシャーペンを動かしていた。自分で淹《い》れたコーヒーに目もくれていないあたり、かなり集中しているのだろう。

真昼はなるべく音を立てないようにしつつマグカップを手に取り、温《ぬる》くなってしまったコーヒーを静かにすする。

大分《だいぶ》真昼の好みが分かってきたのか、苦味の奥にほんのりと甘さを感じさせる量の砂糖と、まろやかさを追加するポーションミルクが入っていた。

真昼が酸味の強いコーヒーは苦手だ、と呟《つぶや》いたのを聞いていたらしく、以前家に置いてあったコーヒーとは違う銘柄のものになっている。

別に周の家のものなのだから自分の好みのものにすればいいのに、という視線を送ったが、素知らぬ顔で「こっちのコーヒーの方が美味《うま》いな」と笑うので、それ以上は何も言えずに引き下がるしかなかったのだ。

そういう気遣いは上手《うま》いんだから、と思い出すと何だか落ち着かなくなってくるので、もう一口コーヒーをすすったところで、周が顔を上げた。

「……もしかして不味《まず》かった？」

「いえ、そういう訳ではありませんよ。美味《おい》しいなと味わっていたところです」

「そっか、口に合ったならよかった。少しは淹れるの上手くなっただろ？」

安堵《あんど》したように目元が和らぐのを見て、真昼も自然と頰《ほお》が緩む。

「まあ前淹《い》れた時はコーヒーの粉入れ過ぎた挙げ句お湯まで入れすぎて思い切りフィルターか

らお湯を溢《あふ》れさせてましたからね。何で勢いよく入れるのかと」

「あ、あれは手が滑ってだなあ。もうそんな真似《まね》はしない、学習したからな」

「ふふ。失敗は成功のもとですので、失敗を活《い》かせたならあのこぼれたコーヒーも報われた事でしょう」

「……あんまりからかうなよ」

「からかってませんよ？」

そう言いつつ笑えば「顔がからかってるんだよなあ」と小さくぼやくのだが、文句まではつけてこないので真昼も本気で笑っていない事が分かっているのだろう。

ほんのり唇が尖《とが》りかけている周は少し幼げに見えて、可愛《かわい》らしいとすら思える。

こういう表情をもっと見せれば取っつきやすいだろうに、と思いつつも、この表情を人に見せるのは何だか惜しい気がして、今周に進言する事はない。

「……真昼は休憩？」

「ええ。もう課題は終わりましたので、少し休息を取ろうかと」

「ん、なら俺も一旦《いったん》休憩に入ろうかな。課題するのも疲れたし」

ぐっ、と背伸びするように手を上げて軽く肩を回した周は、立ち上がってキッチンに向かう。

「何かおやつ食べようと思うけど食べたいのある？」

おやつボックスを覗《のぞ》いてから振り返る周に、真昼は「お任せします」と返す。

周の家の食べ物は、基本的に二人のどちらが食べてもいいようになっている。

勿論《もちろん》食べられたくないものには名前を書いているが、それ以外は共有だ。食べ物の恨みは恐ろしいと聞くが、二人ともそこまで執着がないので、平和なものだ。

共用ボックスとしてお菓子入れを用意しているが、寧《むし》ろこれを食べてほしいというお互いの自慢やオススメを入れているため、なくなる事がない程だ。

周は真昼が食べてなさそうでかつ目新しい新商品を甘いものしょっぱいもの問わず入れ、真昼は甘いものを入れることが多い。ここは好みの問題であり、別に真昼もしょっぱいものを食べる時もある。

ただ、最近周は真昼が好きそうな焼き菓子をそれとなく買ってくるため、賞味期限をこまめにチェックしなければならないようになっていた。流石《さすが》にパティスリーで買ったものは、添加物多めの市販品より足が早いのだ。

周もそのあたりの感覚が真昼との生活で分かったらしく、賞味期限が近いからとボックスの手前に置いていた焼き菓子を盆に載せて持ってきてくれた。

「適当に取ってきたけどいい？」

「取ってきていただけてありがたい限りですよ。私の方が余裕あったから取りに行けばよかったですね」

「俺の方がキッチンに近かったし、俺が言い出したから気にしないでくれ」

　小さく笑った周が着席したので、真昼は一瞬浮かせかけた腰を下ろして、周の好意に甘えるようにクッキーの袋を一枚手にとって、開ける。

　あまり量は食べないがよいものを食べようとする真昼には、周が真昼の好みを理解して買ってきた焼き菓子がありがたかった。

　欠片《かけら》がこぼれないように気を付けながら小さくかじり付けば、濃厚なバターの香りが口から鼻に抜けてくる。

　それでいてしつこくない、食べ心地的にはむしろあっさりとしたもので、どういう配合をしているのか非常に気になったところであるが、分かる筈《はず》もないので舌鼓《したつづみ》を打つだけに留めた。

　周くんの見立てや舌の敏感さは確かなんですよね、としみじみしながらはむはむとクッキーを口にする真昼に、周は何故《なぜ》か微笑《ほほえ》ましそうな眼差《まなざ》しを向けてきた。

　馬鹿《ばか》にされている訳ではないが、何だか生温《なまぬる》い視線が非常に気になる。

「……何か？」

　きっちり飲み込んでから問いかけると、周は「いや、なんというか」と言いにくそうにしている。

「何か私におかしい事がありましたか」

「そ、そういう訳じゃないんだけどさあ。……小動物みたいで可愛いな、と」

「……それ褒めてるのですか」

「褒めてるつもりなんだけど」

食べている姿を見ての感想なのだろうが、真昼としては気恥ずかしさやら嬉《うれ》しさやらで周を直視出来ずにそっぽを向くしかない。

（……たまに心臓に悪い）

基本的に、周は嘘《うそ》をつかない人だ。何かを隠したくて誤魔化《ごまか》そうとする事は多少あるが、人を傷付けるような嘘は言わない。

表面上は素直じゃないようでかなり正直な人なので、尚更恥ずかしくて視線があちらこちらに移ってしまう。

褒められる事など慣れているのに、周が相手だとこうなってしまうのだ。

周本人は、どうやら父親である修斗《しゅうと》の教育のせいなのか、称賛はきっちりと口にしてくるタイプなのである意味タチが悪い。

細かく気を回してくれることもあって、今回に限らず色々なところでいちいち心臓に悪い事になっていた。

最近だと、帰りが遅くなると分かるとさり気なく迎えに来る。

わざわざ髪型を変えてバレないようにするのは手間だろうに、それでもその手間は惜しまず迎えに来てくれる。

一緒に歩く時は真昼に歩調を合わせてくれるし、さりげなく道路側に移動する。荷物があればするっと取るし、体調が悪いとすぐに気付いてさりげなく気遣う。

容姿の変化にも思ったより敏感で、髪型や服装の変化を褒めてくれる。

それから、真昼がこちらで過ごす事が多くなってから、よく使うものは真昼の手が届く範囲の下の位置に移動した。高い所にも届くようにと小さな踏み台も用意された。

真昼も気付きにくいような困難を排除してくれている周には感謝しているが、これを口にせず自然としている周には末恐ろしいものを感じていたりする。

最初は頼りないし口は悪いし適当でだらしない人だな、と思っていたものの、そのだらしなさと素っ気なさがなくなればよくよく考えなくてもとても理想的な人柄なのではないだろうか。

そう、周はよき隣人であり、よき友人であり、よき——。

そこまで考えたところで、その後の続きを考えてはいけない気がして慌てて首を振った。

「どうかしたか？」

急に首を振った事に驚いたらしい周は心配そうに声をかけてくるので、内心の動揺は何とか包み隠して、小さく笑った。

「……周くんって、何でモテないんでしょうね」

「急にケンカを売られたような気がするんだが」

今回言葉が足りなかったのは真昼の方だ。真昼の考えている事を知らなければ馬鹿にしたように聞こえてしまっただろう。

「すみません、そういうつもりで言ったのではなかったです。単純に、割と周くんは人柄がいいのに言い寄られる事がないのが不思議だな、と」

「そんな事言われてもモテない事を突きつけられただけな気がする。まあ、俺はそもそも他の女子と関《かか》わりがないからモテる以前の問題だと思うんだけど……」

周は学校では千歳ぐらいとしか関わらないし、クールというより若干陰気な印象を抱かれているので、よさが隠れて見えないのは分かる。

「そもそも、別にモテたいとは思っていないというか」

「そういうものなのですか？」

「他の男がどうかは知らんが、俺は特に今のところ彼女を求めていないというか。……添い遂げたいと思う人がいつか現れるなら、いまは別にモテなくてもいいんじゃないか」

やや言いにくそうに、気恥ずかしさを隠さないままぼそぼそと呟く周に、真昼はじんわりと胸の奥が温かくなるのを感じて、口元がとけていた。

「……周くんって」

「なんだよ、夢見がちだって言いたいのか」

「いえ、素敵だなって。一途《いちず》な人ですよね」

「……馬鹿にされてる気がする」

「何でそうなるんですか、もうっ」

本当にどうしてか分からないが変な方向に受け取った周の横腹をつつくと、周は困ったように眉《まゆ》を下げた後、そっぽを向いた。

小さく口元が動いた気がしたが、その口から生み出されたであろう言葉は、後からどれだけ聞いても教えてはもらえなかった。

# お掃除大作戦再び、そして事件

真昼《まひる》は割とお掃除好きである。

出会って間もない頃、周《あまね》の部屋を一緒に掃除してもらった事があるのだが、非常に手際が良かったしきっちり妥協なく仕上げてくる。

周も一応真面目《まじめ》に掃除して維持しようとはしているのだが、時たま真昼のチェックが入って至らない部分の指摘がされるのだ。

もちろん口うるさいという感じではないし、こうすれば汚れは落ちやすく、日頃《ひごろ》の維持もしやすいと提案するかたちなので、むしろ周にとってはありがたいものだった。

「やっぱりというか、水回りの汚れは見落としがちなんですよねえ。目に入る所は掃除しているみたいですけど、視線の行きにくい裏側や隅の方は汚れが残ってます」

周が風呂《ふろ》掃除をしているところにひょっこりと顔を覗《のぞ》かせた真昼は、すぐさま洗いそこねている汚れを見つけた。

案の定だったようで、真昼は苦笑を浮かべている。

真昼の指摘通り、ドアのゴムパッキンやシャンプー置き場の裏側に黒カビがポツポツと生まれていた。

　こういった場所は目に付きにくい場所だったので気付かなかったが、気付けば気になってくる汚れである。

　周も去年真昼と一緒に掃除してから色々と気を付けてはいたのだが、やはりまだまだなのだと思い知らされた。

「お風呂場は換気しても湿気て黒カビが発生しやすいんですよね。特に隅っことかこういう死角になっている場所のゴムパッキンとか。意識的に掃除しないとこうなります」

「仰《おっしゃ》る通りです」

「……怒ってませんよ？　というか普通に暮らしていたら気を付けてないと大体のご家庭は悩まされる事になる汚れですから」

　あるあるの汚れです、としみじみ頷《うなず》く真昼は、肩を縮める周に気付いて困ったように微笑《ほほえ》む。

「そんなに凹《へこ》まなくても。他の所はちゃんと掃除出来てるなって思いますから」

「それはありがたいけどさあ」

「これから気にしていけばいいんですから、今はクヨクヨしない。こういうのは後悔する暇があるなら即実行です。……という訳で、お掃除してもいいですか？」

　腕が鳴ります、と二の腕あたりをぽんぽんと叩《たた》いて主張してくる真昼は何故《なぜ》だかわくわくした瞳《ひとみ》であった。

お掃除好きだからか世話焼きだからか、仕方なしにというより自分からやりたそうにしている。

周としては、細かい所に目が届かないのは自分の欠点だと思っているし、指摘してもらえて助かる、掃除を手伝ってもらえるのも嬉しい。

ただ、させるのは流石《さすが》に申し訳ないという気持ちの方が強い。

「……真昼的に嫌じゃないか？　お風呂場掃除って」

「別に気にしませんけど。周くんの方が嫌になりませんか？　プライベートなスペースと言っても過言ではないですが」

「別に見られて困る訳でもないし真昼使った事あるだろ。今更というか」

一度千歳《ちとせ》の家に鍵《かぎ》を忘れて周の家に泊まるという事があったが、その際に既に使われているし、普段でも洗面所を使う際に風呂場の中を見られる事もある。

このあたりは今更なので恥じらう必要もないが、真昼的に異性の風呂場に入るのは平気なのかが心配だ。

「……そ、それはそう、ですけど」

「してもらう側だから偉そうな事言えないし、真昼の厚意に甘えていいなら甘えるけど自分でするなら自分でするよ。まあ監督はしてもらうけど」

こういった細々とした汚れは見落としもあるかもしれないのでチェックが入るとありがたいのだが、真昼は何故か微妙に動揺した様子で視線をふわふわと泳がせている。

「……い、いえ、私がしていいならしますよ。お風呂場を二人で掃除するのは狭いですから」

「そうか？　なんかごめんな、貴重な休みの日なのに」

「いえ、お掃除は好きですので」

「じゃあ、お願いします。予定もないし、折角《せっかく》だし俺《おれ》はキッチンの掃除するかな。シンク磨きやってみたい」

流石に、真昼一人に掃除をさせて自分は寛《くつろ》ぐなんて真似《まね》は言語道断だし良心の呵責《かしゃく》に耐え切れないので、周は周で別のところの掃除をするつもりだ。

先日たまたまシンクを磨き上げる動画を見て興味を惹《ひ》かれたので、これも一つの機会だとチャレンジする事にした。

時間をかけて丁寧にムラなく磨く、という事が大切なそうなので周にも出来るだろう。

「ちゃんと道具ありますか？　耐水ペーパーのやすりと仕上げの研磨剤要りますけど」

「……そこは買ってきまーす」

急に思い立ったのである筈《はず》がなく今から買い物ダッシュしようとしているのだが、真昼の呆《あき》れたような目が痛い。

「まあそう言うと思ってました。私の家にありますので分けてあげますよ。お掃除用具は予《あらかじ》め揃《そろ》えておくのがベストですよ」

「流石というかなんというか。至れりつくせりすぎて申し訳ない」

「まあ周くんがしたいっていう気持ちを持った事自体が重要ですので」

「甘やかすなよそこは」

「ふふ。じゃあ着替えるついでに持ってきますね」

「……わざわざ着替えるって事は結構に重労働？」

「本気でお掃除しますからね」

現在はグレーのヘリンボーン柄ロングスカートに黒のニットを合わせている。肌の露出もなく落ち着いた服装で実に似合っていた。

料理をする分には普通に出来るだろうが、掃除はかなりしにくそうだし洗剤で汚れたり色落ちしたら大惨事になる事間違いなしの格好だ。

今日も動きにくそうな可愛《かわい》い格好してるもんなあ、としみじみ呟《つぶや》くと真昼はきゅっと唇を結んだ後、本当に何故か腰に拳《こぶし》をうりうりとねじ込んでいる。勿論《もちろん》、殴るに満たない痛みというよりただの軽い圧迫だが。

「急に何なんすか真昼さん」

「……何でもないです。お気になさらず」

「何でもない割にめっちゃぐりぐりしてくるんだが」

「何でもないです」

明らかに何でもない訳がなさそうな真昼に困惑する周に、真昼はそっぽを向いて玄関から足早に出て行った。

着替えてきた真昼が手渡してくれた金属磨きセットを手に、周は早速シンクの磨きを始めていた。

手渡した本人はラフなパンツスタイルにお団子ヘアー、そしてゴム手袋とやる気満々な装備で風呂場に直行している。

あまりにもやってやるぞという気合に満ちていたので、そこまでしてもらっていいのかとこちらが臆《おく》する程である。

そんな真昼に負けじと、周も耐水ペーパーを手にシンクを磨いていた。

やすりの目の粗い順にしっかりと、しかし削りすぎて傷を付けないように慎重に丁寧に元々あった傷をならしていく。

賃貸マンションなので前の住人が住んでいた時の名残《なごり》もあるのだろう、汚いとは言わないがテレビで見るような輝かんばかりの新品には程遠い曇り具合だ。

その曇りを払うように根気強く磨いていくと、二つ目のやすりのあたりで始める前と比べて随分と金属光沢を取り戻しつつあるのが分かって気分が上がってくる。

目に見えた成果があるとやる気も鰻登《うなぎのぼ》りで、元々何かに集中すると止まりにくい周は黙々と磨き続ける。

ふと、側《そば》を見たらいつの間にか真昼が隣に居て、静かに周の作業を見守っていた。

「……居たなら声かけてくれよ。普通にビビるんだが」

「すみません、集中していたようでしたから声をかけそこなって」

「別に声かけてくれたらいいんだが……。真昼の方は掃除終わったのか？」

「いえ、今は頑固な汚れにつけ置きしてますのであと一時間は時間が空いてるのですよ。一旦《いったん》休憩です」

洗剤を浸透させるのも汚れには大切ですよ、と大真面目に言い聞かせるように解説する真昼につい笑ってしまった。

「周くんは……まだまだですねえ。綺麗《きれい》にはなりましたけど、鏡面には程遠いです」

「後もう一回くらい細かいので磨いた後研磨剤つけた布で拭くんだよな。手間がかかるなあ」

「まあ綺麗にするには時間と労力が必要ですので。やりすぎるとシンクの寿命縮めますので気を付けてくださいね」

「りょーかい」

流石に賃貸物件なのでやりすぎはご法度《はっと》なのも理解している。あくまで手入れの範疇《はんちゅう》に収めるべきだ、と。

「ちなみにずっと磨いてたんですか？」

「まあな。結構夢中になれるぞ」

「こういう作業って楽しいですよね。お掃除のいいところです」

「真昼ほど大真面目にはやってないけどなあ」

「そう言いつつ休憩取っていなそうな周くんですけどね。適度に休むのも大事ですよ？」

真昼は、上品な笑い声を上げながらグラスを取り出して冷蔵庫を開ける。

「周くん、何か飲み物要りますか？」

「オレンジジュース入ってるから注《つ》いでくれると嬉《うれ》しい」

「分かりました」

どうやら周のために飲み物を注いでくれるらしい。

気遣いに感謝しつつ、それならと買っておいたオレンジジュースを頼めば、自然な動作で注文した品を用意してくれた。

何故か、ストローが刺さっており、周の口元まで飲み口を持ち上げた状態で。

「周くん、はいどうぞ」

にこやかな笑顔で差し出しているが、明らかにグラスを受け取らせる気がないのが見え見えである。

飲め、と言わんばかりにご丁寧にストローは周の方を向いて口元まで運ばれていた。

「ありが……と、う?」

「手が汚れているのでこうした方がいいかなと」

確かに手が削った時の黒ずんだ液で汚れているが、一度洗えばいいのも事実だ。

こうして真昼にわざわざお世話される程のものではないのだが、真昼が退《ひ》く気配は微塵《みじん》もない。

ちら、と真昼を見れば、如何《いか》にも善意ですと言わんばかりの爽《さわ》やかな笑顔を返された。

「……すごく間抜けな格好にならない？」

「そんな事は……多分ないですよ」

「多分なのかよ」

「冗談です。でも手をしっかり洗わないと黒ずみはなかなか取れませんし、途中でわざわざ執拗《しつよう》に洗うのも手間でしょう？　ですので、効率的だと思います」

「それはそうだけどさあ」

それならシンク横に置けばいいのではないか、と思ったが、言ったところで真昼が譲らないのも分かっていた。

これ以上の問答は恐らく無意味だろうと致し方なくストローに口をつけると、真昼は満足そうに笑みを強める。

オレンジジュースの爽やかな甘酸っぱさを口に広げながら、周はじわじわ湧《わ》いてくる羞恥《しゅうち》を押し隠した。

「……美味《おい》しいですか？」

「ん、美味しい。さんきゅ」

そこまでサイズのないグラスに半分程注がれていた程度なので、あっさり飲み切って礼を言う。

ついでにもうやらなくていいですという視線を送るが、真昼は小さく喉《のど》を震わせて笑うだけだ。

「飲む時はいつでも呼んでくださいね」

「いや次は普通に手を洗って飲むので」

「あら残念」

(からかってやがる)

時たま真昼はこうして周の心臓を揺さぶる遊びをしているんじゃないかと思うくらいに、些細だが周的に結構な衝撃を与えられるいたずらをしてくる。

今回は確実にからかいでもあるが善意が強いので、文句も言えない。

全く、と思いながら真昼をジト目で見やれば、真昼はまた楽しそうに笑った。

真昼も掃除に戻って、周もやすりの目を変えつつ何度も磨いて、残すは最後の磨きになっていた。

今現在でもそこそこに反射するが、仕上げをする事によって更に綺麗に映るそうだ。

そろそろ研磨剤で最後の磨きをしようかな、と一度要らないタオルを探すために手を洗っていたら、風呂場から何か大きなものが落ちたような音が響いてきた。

嫌な予感しかせず、流していた水も止めず慌てて風呂場に駆けつけると、真昼は力が抜けたように尻《しり》もちをついていた。

どこか呆然《ぼうぜん》としており、床に転がったシャワーノズルから飛び出る水に濡《ぬ》れても起き上がる様子を見せていない。

「大丈夫か⁉　今すごい音したんだが⁉」

「足を滑らせて……怪我《けが》は大丈夫ですけど、お尻が痛いです。失態です」

周の声にようやくフリーズがとけたようで、周を見上げながら恥じるように視線を泳がせている。

どうやら洗い流す際に滑って転んだようで、溢《あふ》れている水に押されるようにまだ浴室の隅に泡が溜《た》まっているし、真昼の服は転んだ際にシャワーがかかったらしく盛大に濡れていた。

「ごめん、俺が任せたから……」

「いえ、私が言い出した事ですので……」

「足とか挫《くじ》いてないか？　立てるか？」

とりあえず出しっ放しのシャワーを止めて、座ったまま周を見上げる真昼に手を差し出すと、真昼は気恥ずかしそうに瞳を伏せた後おずおずと周の手を取った。

「お尻を打った程度ですよ。元々しゃがんでいたのでそんなに高い所から尻もちついた訳ではないですし、音がうるさかったのは洗面器が落ちただけですから。転んだのは私の落ち度ですからお気になさらず」

「いや気にするんだけど……ずぶ濡れだ、し……」

流石に二度転ばせる訳にはいかないのでしっかりと周も床を踏みしめて真昼を起こし、怪我はないかと確かめるように改めて真昼の方を見て、固まった。

シャワーを出し続けていたせいで、真昼は濡れている。

一応掃除するし家の中だからと冬にしては心もとない、動きやすいシンプルな長袖《ながそで》白シャツとレギパンスタイルに着替えてきたのだったが、それが周にとって仇《あだ》となっている。

ぴったりとしたサイズの服だったからこそ、水に濡れた時の破壊力がまずいものになっていた。

詰まるところ、滅茶苦茶《めちゃくちゃ》に体のラインが出るし下に着ているものの色や形も浮き彫りになっているのだ。

シャツの奥に肌の色と淡いライムグリーンが透けているのを見てしまって、周は慌てて目を逸《そ》らした。

恐らく、直視すると周が羞恥で死にかねないし、ガン見したら真昼がドン引きする未来が見える。

かといってこのまま目を逸らし続けると訝《いぶか》られるのも分かっていたので、周は真昼をしっかりと立たせてから隣の脱衣所に置いてあったタオルを真昼の肩にかける事でなんとか視界の確保に成功した。

ただ、本人はまだ自分の姿が大変な事になっているとは気付いていないのか、周の避難行動を親切だと受け取ったらしく頰《ほお》を緩《ゆる》めている。

その顔を見て尚更《なおさら》周は直視出来ずに顔を背《そむ》けた。

疚《やま》しい事を一瞬でも考えた自分をぶん殴りたいと思いつつ、落ち着かなくなってきた体を何とか理性で鎮める。

「着替え貸すから、一旦服着替えて帰るなり乾燥待つなりした方がいい。この気温で濡れたまま外出たら風邪引くから」

「お気遣いありがとうございます。……顔を背けて笑うくらいなら笑い飛ばしてくださった方がいいのですけど」

「何で笑ってる事になるんだよ！　透けてるから見ないようにしてるだけなんだが⁉」

本当は適当に濁して着替えさせるつもりだったが、真昼があらぬ誤解をしているため思わず突っ込んでしまい、今度は真昼の頰を赤く染める事態になっていた。

ちら、と自分の体を見下ろして一気に顔を赤くした後、タオルを前に合わせて体を隠したので、周はようやく一息つけた。

といっても、相変わらず目は合わせられないし視線は泳ぐのだが。

「あ……その、ほ、本当にお気遣いありがとうございます……」

「……掃除させた俺が全面的に悪いから、とりあえず着替えてくれたらありがたい。シャワー浴びるなら浴びて温まってもいいから。服持ってくる」

あまり真昼も今の状態で男の側に居たくはないだろう。そして周も今の状態で真昼と二人きりになるのは理性的に辛《つら》いものがある。

丁度いい理由を見つけてここぞとばかりに周は逃げ出した。


真昼に服を渡してから、周はひたすらにシンクを磨いていた。

鋼の理性を保ちたいがどうにも崩壊させようとしてくる衝動が理性を表面から侵食してくるので、それを削《そ》ぎ落とすように無心でシンクを研磨剤で磨いて先程の出来事をなるべく頭から追い出していた。

真昼は結局体が冷えたのかシャワーを浴びているらしく、浴室の方から流れる水が地面を叩く音がほのかに聞こえる。

女の子が自分の家でシャワーを浴びている、と客観的に考えたらとんでもない状況な事に思い至って、頭を振ってすぐによくない妄想を打ち消した。

とりあえず頭を痛めつけてなるべく思考から余計な事を排除しつつシンクを磨くと、鏡ほどではないもののもう自分の顔が映るくらいには光を滑《なめ》らかに反射していた。

シンクに映った自分は頬が真っ赤なので、真昼が戻ってくるまでには火照《ほて》りを引っ込ませなければならない。

磨き上げた感動よりも羞恥と良心の呵責によって生まれた罪悪感の方が強いのは笑えなかった。

(忘れろ忘れろ)

もうそろそろ研磨は終わりでいいだろう、とシンクに残った研磨剤を綺麗に拭き取り洗い流して、手を洗う。

それから、盛大に顔に水を打ち付けた。早いところこの熱を収めないと、真昼に向ける顔がなくなる。

ばしゃ、と冬場の冷たい水の感覚を心地良いと思いながら何度も顔に叩きつけて顔と頭を冷やしたところで、風呂場の方から扉の金具が軋《きし》む音がした。

そろそろ出てくると分かっていたので、微妙に跳ねた心臓を落ち着かせつつ真昼のために、マグカップに蜂蜜を一匙《ひとさじ》と牛乳を入れてレンジにかけておく。

温め終わったところで、脱衣所の方からもたもたとした様子の真昼がスリッパで床を叩きながらやってきた。

「……服お借りしてます」

キッチンに居た周に声をかけてくる真昼は、風呂上がりなのでふんわりと周囲に温《ぬく》もりを広げていた。

周の貸したスウェットは先程のシャツずぶ濡れ事件を反映して、わざと真昼が使うには大きめにして体のラインが出ないものにしている。

そのお陰で部屋着感がかなり強い格好になっているのだが、それがまた何故だか胸を騒がせてくるので最早《もはや》何をしても落ち着かない気がしてならなかった。

「どーぞ。これもついでに」

「……ありがとうございます」

一応直視出来る段階までは戻っているので、なるべく平静を装ってレンジから取り出したホットミルクをスプーンでかき混ぜてから真昼に手渡す。

ほんのり甘めがお好みな真昼は蜂蜜の香りに気付いてふんわりと笑って、それから周越しにシンクを見て笑みを濃くした。

「あら、綺麗に仕上がってるじゃないですか。すごく頑張ったんですね、えらいです」

「……まあ」

煩悩《ぼんのう》を払うためにやったとは言えずに曖昧《あいまい》な口調で頷き、周は自然な動作で真昼の横をすり抜けてソファに座る。

深呼吸をしていると、真昼もとことことついてきて隣に座るので、やはりというかあまり落ち着かなかった。隣から自分と同じボディーソープの香りがするので、尚更。

ちらりと隣を見ると、かなり余っている服の袖《そで》からひょっこりと手を出してマグカップを握り、真剣に息を吹きかけて冷ましている。

一度口につけるも熱かったのかすぐさま離し、眉《まゆ》を寄せてジト目をマグカップに向ける姿は妙に愛らしい。

彼女からすればとても大真面目に冷ましている筈なのに無性に愛《いと》おしく感じるのは、服のサイズの合わなさも相まっていつもより幼げに見えてしまうからだろう。

野暮《やぼ》ったいと言われるだろうこのセットのスウェットも、真昼にかかればこんなにも可愛らしくなるので、美少女とは恐ろしいものである。

暫《しばら》くの格闘の末ようやく飲める温度になったらしく嬉しそうにホットミルクを飲む真昼は、周の視線に気付いたのかマグカップから口を離してこてんと首を傾《かし》げた。

「どうかしましたか？」

「え、いや……怪我してないか、心配で」

嘘《うそ》は言っていないが本当の事も言っていない。

真昼が転んで怪我していないか心配だし、風邪を引かないかも心配する。

ただただ、露出はないとはいえずぶ濡れで扇情的《せんじょうてき》な姿を見てしまった動揺が心の結構な部分を占めているだけで。

真昼は周の言葉に疑う事もなく困ったように眉を下げて笑った。

「……今日はご迷惑をおかけしています」

「いやとんでもない。俺の方が迷惑かけてるからな。本当に怪我はないか？」

「もう平気ですよ、打ったお尻触っても痛くないです。……触らせませんよ？」

「触りません！」

「冗談です」

周が即座に反応した事に喉を鳴らして笑う真昼に、周は複雑な心境のまま「……からかうなよ」と小さく呟く。

「いえ、なんか凹んでいるようでしたので。私が言い出したので、周くんが気に病む必要はないのですよ？」

「俺の普段の掃除が甘かったからこうなってるので、そりゃ反省もするだろ」

周が普段からきっちり掃除をしていたなら、真昼が掃除に取り掛かる事もなかったし、ずぶ濡れになる機会なんて生まれなかった。

「まあそれは否《いな》めませんけど、完璧《かんぺき》に綺麗にするっていうのもなかなかに難しい事ですので。そんな申し訳なさそうにしなくてもいいですよ」

「……それでもさあ」

「もう。いいですよ、誰《だれ》でも慣れないうちは失敗があるものですし、次からは気を付ければいいのです。……お掃除には気を付けるのですよ？」

「肝《きも》に銘じておきます」

「よろしい。そこまで気に病まなくてもいいですからね？」

汚れを放置した事も転ばせた事も濡れ透けな姿を晒《さら》させてしまった事も後悔している周としては大真面目に反省しているのだが、真昼としてはその様子がかなり真剣だと捉《とら》えたのかほんのり苦笑い気味だ。

マグカップを机に置いて、余った袖でペチペチと周を叩きつつ「そんなに凹まないでくださいよ」と励まそうとしてくる。

流石に上背はある周の、それも敢《あ》えて自分でも大きめにしてある服なので、小柄な真昼だとかなり袖が余っていた。

こういった、いわゆる萌《も》え袖通り越して捲《まく》らないと指が見えるどころか布が余って折れるくらいの袖は攻撃手段になるらしく、真昼も少し楽しそうにぺしょぺしょと振り回している。

「いたーい」

「すごく棒読みですね」

「ほんとほんと、いたいいたい」

痛みなんてちっともないがその行為の可愛らしさに割と胸の方が痛くなってきてしまう。

真昼はそのあたりの痛みなど当然知る由もなく、どこかあどけない微笑みで可愛らしく周を叱咤《しった》している。

周としては、いちいち可愛いので対処に困る。

「もう元気なので安心してくれ。……まあ、着替えさせる羽目になった事は反省しているけど」

「私が勝手に転んだんですからね。むしろ足元を気にしろって指摘される案件ですから。着替えまで貸してもらって申し訳ないですよ」

「いやそれは……」

「ストップ。これ以上このやり取りしたら周くんまた脳内で反省会するのでここで打ち切りです。いいですね？」

めっ、と余って折れた袖で周の口をゆるりと塞《ふさ》いだ真昼のどこかいたずらっぽい笑顔に、周も折れて苦笑する。

あの記憶は出来うる限り奥底に眠らせておこう、と誓って、ぶかぶかなスウェット姿の真昼を改めて眺める。

「一旦帰って着替えてくるか？」

ここまでぶかぶかだと過ごしにくいだろうし自分の服がいいだろう、という気持ちで提案したのだが、意外な事に真昼はゆるりと首を横に振った。

「いえ。もう少し、このままで」

「……そうかよ」

余った袖で口元を隠しつつ目元では明確にはにかんでいると分かるような眼差《まなざ》しの和らげ方を見せた真昼に、何故だか無性に頭を撫《な》でたい気持ちになってしまう。

「……周くんって、割と細長ですよね。ズボンのサイズにショックを受けました。細いです」

「そりゃあ女性より全体的に肉がつきにくいからな」

「ちょっぴり嫉妬《しっと》です。分かっていても羨《うらや》ましくなりますよ」

男性は女性より代謝が高いし皮下脂肪がつきにくいものであり男女の差として仕方のないものだと思っているが、それはそれ、これはこれ、という事なのだろう。

真昼はたじろぐ周に大真面目な顔でずずいと迫って、そのまま周の腰をぺたぺたと掌《てのひら》で触れてくる。

痩《や》せ型ではある自覚はあるので、筋肉の事を言われない限り別に拒むものでもないなと好きにさせようとして、固まった。

そして、一時間程前のこの服を選んだ自分をぶん殴りに行きたい気持ちでいっぱいになっていた。

大きめのスウェットで体型が見えないようにして意識しないようにしよう、といった目的だったのだが、完全に仇になっていた。

首を生地で圧迫されるのはあまり落ち着かないので首元が些《いささ》か緩めに作られたものを好んでいるのだが、真昼に渡すには不適切なものだった。

真昼が小柄なせいで、前屈《まえかが》みになると、生地が重力に従って体との間に隙間《すきま》を多く作ってしまう。

襟《えり》ぐりから、透き通るような乳白色の肌が見えた。

生地が重力に従うように、周にはなく真昼にはあるそれがしっかりと重量を主張している様が、見える。

普段はまず確実に見る事のない、眩《まぶ》しいくらいに白く、深い渓谷が出来ている、それ。

先程濡れた布の奥からひっそりと主張していた淡いライムグリーンに包まれた実りを思い切り見てしまって、周は勢いよく目を逸らした。

どっ、どっ、とうるさいくらいに心臓の音が響く。

(こういうところ無防備なのなんとかしてくれ)

全体的に見た真昼の防御力が低いとは思わない。

外では肌を見せないように、気を使って過ごしている。大抵は手と顔しか肌が見えないくらいには堅牢《けんろう》な守りの服装だ。

装備の防御力ならトップクラスと言える。

それが、こうだ。

周に原因があるとはいえ、今の真昼は周の顔の位置を考慮していない。まさか周がそこを見る、とも思っていないのだろう。信頼による無防備状態、と言えばいいのか。

記憶の奥底に押し込んだ筈なのに、濡れて透けた下着や起伏の激しいラインの体つきが露《あら》わになった光景を思い出して、心臓がまたうるさくなっていた。

訝《いぶか》るというよりは純粋に不思議そうな声音《こわね》で自分の名が呼ばれたところで、周は唇を噛《か》み締《し》めた後勢いよく立ち上がった。

「……周くん？」

きゃっ、と小さな可愛らしい声が聞こえたが、今の周はそちらを見る事が出来ない。

「……い、いや、その、……俺もお風呂に入ろうかな。磨いて汗かいたし！」

そう言うや否《いな》や、周は防御力皆無な代わりに攻撃性能マシマシな真昼から敵前逃亡を図った。

戸惑いの声も置き去りにして、周は自室に飛び込んで服を引《ひ》っ摑《つか》み風呂場に逃げて行く。

一瞬とはいえしっかり見てしまった浅ましい自分を恥じながら。

今度は周が風呂場で転んで真昼が慌てて駆けてくるまで、後一分。

# 人をだめだめにするのはどちら



「……何しているんですか」

　急に親から送られてきた荷物を開いてダンボールを片付けていると、夕飯を作りにやってきた真昼《まひる》が胡乱《うろん》な目を向けてきた。

　昨日までこんな物はなかったのに、と言わんばかりの眼差しにはごもっともだと周《あまね》も思いはしたが、いきなり送りつけられた側なので何故《なぜ》送りつけてきたのかは周にも分からなかった。

　ただ、届いたものが周が知るサイズより一回りも大きいのは、見ただけで分かる。

　ローテーブルを端に追いやるサイズのそれを一度軽く叩《たた》くと、さらさらと細かい粒子が微《かす》かに擦《こす》れ合いながら落ちる音がした。

「進級祝いと称して母さん達から届いたんだけど、こういうの見た事ない？」

　何故か送りつけられてきたものは、非常に場所を取るビーズクッションだ。よくテレビやネットで宣伝されている、体にフィットする大型のクッションである。

　何年も前から人気を博しており、割と有名だと思っていたのだが、真昼は知らなかったのであろうか。

「いえ、噂《うわさ》はかねがね聞いております。ひとたび座れば人を堕落《だらく》させ怠惰《たいだ》の渦に取り込んでしまう魔のソファですよね」

「何だその大仰《おおぎょう》にも程がある噂」

魔物か何かを説明しているのだろうか、とちょっと呆《あき》れてしまったものの、確かにこのクッションは座るとやる気を根こそぎ持っていかれる心地よさがあると分かっているので、あながち否定も出来ない。

今回送られてきたのは、二人座れそうなくらいにやや横長で大きめなもの。

確実に、一人用ではない。

周一人に使わせるつもりで送ってきた訳ではないのも、見えていた。

（真昼と使えという圧力を感じる）

でなければもう少し小さめのものを送ってくるだろう。

確かに昔、といっても中学生時代にこういうクッションが欲しいと言った事はあるが、そこでだらけるようになっていろいろサボるから駄目、と言われて却下された事がある。

今なら問題ないと思われているのだろうが、それは真昼が側《そば》にいるから怠けないという予想な気がした。

全く、とため息をついて紺地のカバーを被《かぶ》せたクッションを眺める。

そもそもこういうからさばるものを送る時は予《あらかじ》め日時と場所の空きを聞いてから送ってほ

しいものだが、部屋が片付いているのを正月に確認されているし真昼が居るから部屋が汚くなる事もないだろうと踏んでいるようだ。

「……これ、すごく大きいですね。お部屋に置くのですか？」

「それしかないと思う。部屋には特に何も置いてないし置く場所はあるけど、やる事が急なんだよなあ、いっつも」

とりあえず梱包《こんぽう》から出してカバーを被せた状態ではあるが、リビングに置ける訳がない。今もローテーブルを退《ど》かした状態でやっと置けているだけだ。

幸いというか、周の部屋にはベッドと勉強机と小さな棚があるくらいで他には何もない。このサイズのビーズクッションなら、多少クローゼットは開けにくくなるが置けるには置けるだろう。

「思い切った事をしますねえ、志保子《しほこ》さんも。それにしても大きいですね」

「……そうだな」

「これ、結構大きいから寝転んだりも出来そうですね」

ここに志保子が居るなら「一緒に座ればいいじゃないの」と言ってくるのが想像出来る。

男女二人でくっついて使うのは厳しいに決まっているだろうが、と脳内のきゃっきゃうふふと喜んでいる想像の志保子に突っ込みを入れつつ真昼を見ると、真昼はじいっと、ビーズクッションを見ていた。

口ぶりから実物は見た事がないんだろうとは思っていたが、興味を引かれたらしい。

落ち着いた穏やかな光を灯《とも》した瞳は、いつもより忙《せわ》しなく動いているし、好奇心を露《あら》わにしたようにきらきらと輝いていた。うずうず、といった擬音が相応しい様子だ。

真昼はそっと、大きなビーズクッションに手を伸ばして……触る前に手を引っ込めている。

勝手に人のものを触らない、と気にしたのだろう。

「……カバーかけてあるから、座る？」

「えっ」

あんまりにそわそわした様子だったので思わず提案したのだが、上ずった声が帰ってきた。

周としては、そんなに真昼が気になるなら真昼が使ってみればいいのでは、と思っての提案だったのだが、露骨にうろたえるので何か変な事を言ってしまったのではと逆に心配になってしまう。

「い、いえ、その、お、お気持ちは嬉《うれ》しいですけど……持ち主が、一番に味わうべきでは」

「真昼が座りたそうにしてるし、俺はそのあたり気にしないから。母さんも別に真昼も使うだろって気持ちで送ってきたと思うし座りたいなら座ってくれ」

「え、うっ……ほ、本当にいいのですか？」

「嫌なら言ってないし、俺はそこに拘《こだわ》ってないから。真昼が座りたそうにしてるなら先に座ってもらった方がいいだろ」

「う、うう……そ、それでは、遠慮なく」

真昼は遠慮なくと言いつつ思い切り遠慮したようにおずおずと、躊躇《ためら》いがちに、ビーズクッションに腰を下ろす。

しゃらっと軽い音を立てて、真昼の華奢《きゃしゃ》な体を軽く包むようにソファは形を蠢《うごめ》かせて変わる。

普通のソファよりも体重が後ろ側にかかるので座り心地が違うからか、真昼はぱちくりと瞬きを繰り返して自分が座っているソファを見つめていた。

その後座り具合を調整するようにもぞもぞと動いたかと思ったら、一度立ち上がりもう一度腰を下ろす。

少し緩慢な沈み方を確かめた後、思い切り体重を後ろにかけて、軽く寝転ぶような体勢になったあたりで、真昼はいつもより弾んだ声音で「すごいきもちいい」と呟《つぶや》いた。

周に聞かせるために発した言葉ではない事は確かだろう。

すぐに真昼は形を変えるビーズクッションの虜《とりこ》になったように、ころんころんと体勢を変えて居心地がいい形と体勢を探っている。

今日は真昼がパンツルックで助かった、と眺めている周はしみじみ思った。

夢中になってクッションの上で身を躍らせているので、いつも身に着けているような裾《すそ》の広いスカートなら、長い丈だろうが恐らく下着が見えていた。

ビーズクッションを楽しそうに堪能《たんのう》している真昼を見ながら、周は夕食前だというのに既

にお腹《なか》いっぱいの気分でいた。

　こういう時折幼さが見えるはしゃぎ方をする真昼が無性に愛《いと》おしくなって、ついつい微笑《ほほえ》ましげに見てしまうのだが、真昼はそれに気付いたのか気付いていないのか、周を見て手招きする。

「折角なら周くんもどうぞ」

　真昼は、この楽しさと心地よさを分かち合おうと善意で誘っているのであろうが、真昼が居る状態で座ったら、確実に体がくっつく事になる。

　幾《いく》ら真昼が華奢《きゃしゃ》で小柄でありソファも大きいとはいえ、二人がけで座ったら流石《さすが》に距離は空けられない。

「い、いや、俺は……遠慮しておこうかな」

「……嫌です？」

「い、嫌じゃないんだけどな？　その、なんていうか……あー」

　拒む理由を口にしようとしても、真昼が不思議そうに見上げてくると口にする気力が失《う》せてくる。

　自分の中の悪魔が「別に普段から寄り添うくらいに近いんだから問題ないだろ」とそれはそれで大問題な囁《ささや》きをしてきて、呻《うめ》きかけたものの……真昼の純粋な善意と自身の欲求に負けた。

（座ったら真昼も躊躇《ためら》っていた理由くらい分かるだろう）

そう自分に言い聞かせて、隣に腰を下ろす。

ビーズクッション特有の、体のラインにフィットして沈み込む心地よさ、それから隣に居る真昼の温もりや甘い香りが、襲いかかってきた。

真昼が居るので多少ソファに体が沈む感覚が違うが、それでもソファのよさはよく分かる。欲しがる人が多いのは、この座った感覚だけで理解出来た。

ただ、今はソファの感触よりも、隣に居る油断度百パーセントの真昼の方に気が逸《そ》れる。

「すごいですね、体にぴったり沿いますね」

「……そうだな」

「ここで寛《くつろ》いだら楽しそうですよね。本読んだり、動画見たり、ゆったり過ごしてたら時間なんてあっと言う間に過ぎちゃいそうです」

しみじみと、そしてどこか陶酔するような声で呟いて先程よりも力を抜いている真昼は、周に軽くもたれて吐息をこぼす。

実に可愛らしい事を言っているのに何故だが少し色っぽく感じてしまうのは、温もりがダイレクトに伝わってくるからだろうか。

「……まあ、こんなに心地よかったらな。だから使いたくないんだよなあ、これ。絶対堕落するの分かりきってるし」

「ふふ、気持ちは分からなくもないです。こんなに心地よいなら、すぐにぐうたらしたくなっちゃいます」

自分を律している真昼にしては珍しい発言につい微笑ましくて口元を緩めそうになったが、真昼がご満悦そうに周の肩にもたれてすりすりと額を押し付けてきて、それどころではなくなった。

甘えるような仕草は、ほぼ無意識のものだろう。

普段から照れ隠しの頭突きはしてくるが、今回は頭突きではなくくっついて身を委《ゆだ》ねるように寄りかかった上ですり寄ってきているのだ。

髪から甘さと爽《さわ》やかさを両立した香りが漂う。

今日は体育があったからと先に入浴した事は分かるが、近くで匂《にお》いを感じてしまう周にとって結構な誘惑になっていた。

ちらり、と真昼を見ると緩やかに流れ落ちる髪の隙間から、乳白色のすらりとした首筋が見えていて、その眩《まぶ》しさに喉が鳴った。

極楽、といった風に緩く気を抜いた姿を見せる真昼は、周の硬直や喉の音に気付いたのか気付いていないのか。

ちらりと周を見上げるとふにゃりといつもよりあどけなさの強い笑みを浮かべて、再びぽてりともたれてくる。

（……いろんな意味で駄目になってる）

そろそろ夕飯を作らないといけないな、と真昼に言わなければならない事は、分かっている。
けれど、この至福のひとときを自らの言葉で壊したくはなくて、この温もりから離れたくはなくて、周は浮かんできた静止の言葉をのみ込んで唇を閉ざした。

その日の夕ご飯は、カップラーメンになった。

# 幼い頃の不安と、今の安堵

最近の真昼《まひる》は、基本的に週末のどちらかは周《あまね》の家で過ごすようになっていた。

不摂生《ふせっせい》が心配だから、というもっともらしい理由をつけているが、結局好きな相手の側《そば》に居たいから、なんて自分勝手な感情の行動である。

勿論《もちろん》自分にも周にも一人の時間は大切であるし束縛してはならないと理解しているので無闇《むやみ》に押しかける訳ではない。周が嫌がっていないか、煩《わずら》わしそうではないか、というのをこっそり、しかし注意深く観察して反応を確かめて側に居るようにしている。

幸いな事に、周は真昼が家に居る事を咎《とが》める事はなかった。当たり前のように受け入れてくれるし、むしろ嬉《うれ》しそうに笑ってくれるので、ついつい勘違いしそうになってしまう事もしばしばだ。

訪ねるだけで気分が上向きになるなんてどれだけ単純なんだ、とほんのり自嘲《じちょう》しつつもやはり口元は緩《ゆる》んでしまう。

頬《ほお》を軽く挟むように叩《たた》いて顔を少し引き締めてから、真昼は周宅に合鍵《あいかぎ》を使って訪問した。

玄関に入るが、何の音もない。

部屋で寝ているのかもしれないと思ったが、周が普段よく履《は》いているスニーカーが姿を消しているのを見て外出中なのだと遅れて気付く。

どちらかと言えばインドア派な周がこの時間から出かけるのは珍しい、と驚きと関心が半々だが、ここでどうしようかと悩む事になる。

（……家主が居ないのに勝手に寛《くつろ》いでいいものか）

合鍵はもらっているし好きに出入りする許可ももらっているのだが、周が居ないのに我が物顔で居座るのもどうかと思うのだ。

「別に俺《おれ》が居なくても勝手に入っていいけど。真昼は何か悪さする訳でもないし」

「しませんけど、勝手にプライベートの空間に入る事をよしとするのですか」

「寝室に入りたいの？」

「いえそうではないですけど……入られる心配とか、何か見られる心配とか、ないのですか」

「入ったところで何もないし気にしないけどな。まあ寝室に入る柄でもないだろうし、リビングで寛ぐ分には好きにしてくれたらいいよ」

なんて会話を以前したとはいえ、やはり他人の家であるし少し、いやかなり躊躇《ためら》われる。

一応帰宅が遅くなるならお互いに連絡を入れるように、という決め事があるので、連絡がないことからして帰ってくるのはそう遅くならないと思っている。

少し待つくらいなら、許されるだろうか。

罪悪感とほんの少しの背徳感を感じながらおずおずと靴を脱いでリビングに入ると、やはり誰《だれ》もいない静けさだった。

嗅《か》ぎ慣れた周の家の匂《にお》いに心地よさを感じるものの、どこか物足りなくて寒々しいと感じるのは、その好きな人が居ないからだろう。

ぽす、といつものようにソファに座って背もたれに体を預けた。

普段なら、ソファに座る時は隣に周が居る事が多い。お互いに用事を済ませて寛ぐ時にこうしてソファに座ってゆっくりと話して穏やかな時間を過ごす。

今は、その周が居ない。真昼より高い体温も、落ち着いた爽《さわ》やかな匂いも、低すぎず聞き取りやすい穏やかな声も、寄りかかっても揺らがない細いようでしっかりしてきた体も、隣にはない。

そう痛感すると、無性に寂《さび》しさを覚えた。

「……早く、帰ってきませんかね」

思わずこぼれた言葉に、自分の事ながら寂しがりすぎないかと小さく笑ってしまう。

勝手に家に入って勝手に待っているというのに、周の時間を拘束しようとする自分が、一人には慣れているというのに心細くなる自分が、馬鹿《ばか》らしくて情けなかった。

はぁ、と身勝手さにため息をついて、背もたれに預ける体重を増やす。

待つ事など慣れている。まだ十六年という短い人生ではあるが、その大半が何かを待つ人生だった。もう何年も待ち続けて、そして諦《あきら》めてしまったものもある。

帰ってくると分かっているものを待つ事くらい、苦でもない。

そう思えど、昔の事を思い出して胸の奥が締め付けられるように苦しくなる自分が居た。

(……こうしていると、昔、ずっと親を待っていた事を思い出す)

嫌な記憶として奥底に押し込めていたものが、浮かび上がってくる。

帰ってくるかも分からない、両親を一人で待っていた光景が、押し留《とど》めるのに反発してくるかのように脳裏《のうり》に浮かんだ。


幼い時から、真昼の家には誰も居なかった。

マンションのワンフロアを借り上げた、核家族で住むには十分すぎる程に広い家。快適に住むのに困らない内装や設備のある家。

そんな家に、真昼は一人で暮らしていた。

正確な事を言えば家族が居なかった、というだけでハウスキーパー兼家庭教師の小雪《こゆき》は居たが、それも通いであり本来居る筈《はず》の血の繋《つな》がった人間は家を空けていた。

両親は仕事で忙しくほとんど家に帰って来る事はなく、真昼の存在など知った事かと言わんばかりに姿を見せない。

ただ、何もしないのは世間体が良くないからと潤沢な資金を与えハウスキーパー兼家庭教師の小雪をつけ教育を施す事によって、最低限の義務は果たしたと言わんばかりに真昼を放置していた。

その放置を認識してこれはおかしい事なのだと客観的に理解出来るようになったのは小学校に入って数年経《た》ってからで、自分は育児放棄をされているのだと気付いたのも同じ頃だった。

母親が愛人を持っている事を知ったのも、後から気付いた。

他の子供よりも賢く、そして他の子供よりも愛されたいと両親を求めていたからこそ気付いてしまった。気付かなければ、無垢《むく》な子供で居られたのに。

「お母様」

小学校生活も半分程が過ぎたある日、たまたま家に帰ってきた母親の存在に真昼は純粋に喜んだ。

普段は姿一つ見せない母親が顔を見せた事が嬉しくて、駆け寄って笑顔で話しかけるが、彼女に反応はなかった。まるで存在がないように、視線どころか体の向きすら変えずに何かの資料を手にしている。

お仕事の関係で帰ってきたのかな、と真昼は思い、邪魔するのも悪いかと考えたものの、久し振りに見る事の出来た母親の姿に、嬉しくて母親の様子を深く観察しないまま、話しかける。

「あの、お母様が居ない間も、たくさんがんばりました。テストも運動もがんばったし、いっぱい一番になりました」

居ない間今まで勉強も運動もたくさん頑張ってきたんだ、と報告するつもりで、笑顔で服の裾《すそ》を摑《つか》んで……そこで、ようやく母親の体がこちらを向いた。

こうしてちゃんと向き合うのは初めてだった。

今まで少し離れた位置から見たり背中だけ見たりしていたから、こんなにも近くで、そして明確に視界に入れてもらったのは、初めてで。

見上げた母親は、小雪からは顔付きはあまり真昼と似ていない、と聞いていた通り、整ったものではあるが周囲を拒むような強さがあった。真昼はどちらかといえばおっとりとした顔立ちで父親似らしく、母親は真昼とは正反対の鋭く苛烈《かれつ》な印象を抱かせた。

そして、顔だけでなく、行動も。

真昼を視界に映した母親は、実の娘の視線を受けて、無機質な眼差《まなざ》しで見下ろして振り払った。

子供相手だからか然程《さほど》乱暴な動作ではなかったが、明確な拒絶に、真昼はふらついて尻《しり》もちをついた。

呆然《ぼうぜん》と見上げても、彼女から降《ふ》り注《そそ》ぐ眼差しに温《ぬく》もりの一つもない。

ようやく存在を認識してもらったと思えば路傍《ろぼう》の石を見るような瞳《ひとみ》を向けられて、そこで真昼は分かった。分かってしまった。

——自分は、存在を望まれていないのだと。

内側からせり上がって来る吐き気と嫌な音を立てる心臓が、それ以上考えるのをやめろと制止にかかる。

けれど、一度紡《つむ》がれ出した思考は、次々と今までの行動の答えを導き出してしまう。

何故《なぜ》こんなにも存在を疎《うと》まれるのか。

家に帰ってこないのか。触れようとする事すら拒むのか。

(……私は、愛されていないし、望まれていない)

答え合わせと言わんばかりに見えた母親の眼差しが、ひしひしと物語っている。

(……お母様にとって、私は要らないんだ)

理解するまではどうしてと小雪に度々聞いては小雪を困らせていたが、理解してしまえば早かった。

必要とされていないから面倒を見る事がなかった。要らないから手をかけなかった。産み落として、そのまま親としての義務も権利も放棄した。

ていくのだ。

だから母親は顔を見せる事もほとんどなく、真昼が手を伸ばしても払うか気付かず素通りし

真昼にとってあまりにも残酷な現実を認識して愕然《がくぜん》としている間に母親は出て行ってしまって、真昼は尻もちをついたままその後ろ姿を見つめる事しか出来なかった。

遅れて、手を伸ばしても、その手は空を切って何も摑めない。真昼には、何も残されてはいなかった。最初から、何も持っていなかった。

ぽたりと滴《したた》り落ちたのは、涙だったのか、無残に抉《えぐ》られた繊細な心の内からこぼれる嗚咽《おえつ》だったのか。

ただ言えるのは、自分が愛されていないという事だけは、間違いないという事だ。

どれだけ頑張っても、最初から愛されていなければ見向きもされないのだから、無意味だ。

「どうして」

疑問を口に出すと同時に、内側から溢《あふ》れて心を壊しにかかる激情をなんとかやり過ごそうと、誰も居ない家で声を上げて泣いた。

小雪が家に来た時には泣き止《や》んでいたが、大好きな小雪相手でも前のように純粋な笑顔は浮かばなかった。どこか諦めのようなものが体を満たしていて、笑顔が強張《こわば》って縮こまってしまう。

(もし、拒まれてしまったら)

何も知らなければ、小雪に縋《すが》りついて泣いたのかもしれない。

しかし実の親に愛されていない事を知って、真昼は怖くなった。小雪は真昼の事を尊重してくれたし大切にしてくれた、半ば親のような存在ではあるが——それは、仕事だからだ。

実の親にすら愛されていないのだから、小雪も自分を愛してくれる筈がない。

小雪に縋りついたら、きっと聞いてしまう。愛してくれていますか、と。

(そんな訳ないのに)

親に愛されていないからといって、小雪を親の代替品にしたくなかったし、否定されるのも怖かった。

確かめるのが怖くて、心配する小雪を淡い笑顔で押し返して、真昼はじくじくと痛み泣き続ける胸を隠すように押さえた。

母親に拒まれて傷ついた真昼だったが、それでも愛情というものを諦めきれなかった。

せめて僅《わず》かな可能性にかけて、もっと自分がいい子なら見てもらえるのではないか、と。

こちらを見てほしくて、振り向いてもらえるように、今まで以上、真昼に出来うる限りの努力をした。

たった一言、がんばったね、と認めてもらえればそれで良かった。

それだけで、報われただろう。

結局のところ、勉強も運動も容姿も磨いたけれど、顧みられる事はなかった。

多くの人が好感を持つような振る舞いをしても、優等生で居ても、親譲りの美貌《びぼう》を見せても、両親は振り返ってはくれない。

一応、顔を合わせれば父親はぎこちなく二、三言交わす事はあるが、それだけだ。真昼の外も中も見ていない、というより罪悪感で目を背《そむ》けたような態度を取る。

政略的な理由で結ばれた婚姻、その一夜の過ちで生まれた存在を目にすると、思うところがあるのだろう。

（見るのが嫌なら産む事を選ばなければよかったのに）

（産めなんて頼んでない）

そう口に出来たなら、どれだけよかった事か。

しかしこの頃《ごろ》には分別と感情を押し殺す手段が身についていた真昼は口にする事はせず、鬱屈《うっくつ》とした思いをのみ込んで胸の奥に奥に押し込んだ。

どろりとした濁り淀《よど》み穢《けが》れた感情が詰まっている筈なのに、胸の中は空虚で何もないようにひゅうひゅうと冷たい風が吹き込む。

寒くて、悲しくて、痛い。

何をすればこの胸の空洞が埋まるのか、真昼には分からなかった。

いや、埋めるものが分かっていても、手に入らない物だと悟っていたのだ。

愛情、表せば二文字に収まるそれは、真昼がどれだけ努力をしても、手を伸ばしても、存在すら見えずに空を摑む。

子供の見本として持て囃《はや》されそうな器量のよい子であっても、他の子供が当たり前のように持っているであろう親からの愛情を欠片《かけら》も手に入れる事が出来なかった。


幸か不幸か、対外的には優秀だと言われているらしい両親の遺伝子を色濃く継いでいた真昼は、努力の甲斐《かい》もあって万能とも言える程に出来る事が増えたし、美しく成長した。

性差の出てくる小学生高学年頃には異性から頻繁に好意を寄せられるようになっていた。

もうその時にはどうしたら人から好意的に受け取られるか、極力嫌われないかといった立ち回りを理解して振る舞うようになっていた。

驕《おご》らず謙虚に、しかし卑屈《ひくつ》に受け取られないよう淑《しと》やかに穏やかに、誰にも分け隔てなく心優しく丁寧に接して、大多数が想像する、理想的な女性として、自分を形作って。

そうして、この天使様のガワは出来上がった。

いびつな存在として出来上がってしまった。

表面だけ完璧《かんぺき》に固めてしまった結果、内側が穴ボコだらけなのにそれを感じさせない、誰もが羨《うらや》むような少女に育ってしまう。

人から好かれやすいくせに愛の一つも知らない、そんな虚《むな》しい存在になってしまった。

真昼は自分の存在に虚しさを覚えながらも、自分を磨く事はやめなかった。

皆に好かれたら、この空っぽな胸の内は満たされるのか。

両親に振り向いてもらえるのか。

真に自分の事を理解して、愛してもらえるのか。

枯れかけた、淡い期待を込めて誰に聞いてもらうでもなく問いかける。

「そんな事、ある訳がない」

それは、誰から答えを与えられるでもなく、自分の内側からこぼれ出た答え。

「頑張ったところで、お父様もお母様も、見てくれなかったじゃない」

嘲笑《あざわら》う声が、ぐわんぐわんと反響するように重なって聞こえる。

「みんなから好かれたら、という前提だって崩れているでしょう。自分を偽る事でしか好かれないなら、本当の自分なんて愛してもらえる訳がない。みんなが好きなのは、被《かぶ》った仮面だもの。自分の首を絞めているだけ。誰も、私を見てくれないのにね」

導き出してしまった答えに、真昼は顔を歪《ゆが》めて笑って――。

そこで、真昼は温もりが側にある事に気付いて、ゆっくりと目を開く。

嗅ぎ慣れた、落ち付く香りはすぐ側にある。焦点がゆらゆらと揺らぎつつある瞳で温もりの方を見れば、先程まではなかった人の体があった。

心地よい温もりに安堵を覚えて頬を擦《す》り寄せると……小さな笑い声が聞こえた。

「おはよう」

するりと滑り込んでくる柔らかい声は、真昼が求めていたものだ。

緩慢な動作で顔を向けると、柔和《にゅうわ》な表情と優しい眼差しでこちらを見る周が居て。

遅れて、自分が周にもたれかかっていた事に気付いて、真昼は慌てて体を起こした。

いつの間に周が帰ってきていたのか、全く気付かなかったし、いつ意識を飛ばしたのかも記憶にない。

「……も、もしかして、寝ていましたか」

恐る恐る問いかけると、周はあっさりとした様子で頷《うなず》く。

「そうだな。一時間くらい前に帰ってきたら真昼が寝てたから、起こさないようにしてたんだけど、隣に座ったらずるずると倒れてきたからそのままにしておいたんだ」

「ご、ごめんなさい。留守に勝手に入った挙げ句居眠りなんて……」

「別に入るのは全然構わないんだけど、真昼はよく俺の家で寝るよなあ」

「うっ」

周の家は居心地が良くてうとうとしがちだという事がバレているので、反論も出来ず小さく呻《うめ》くしか出来なかった。

それを指摘されると真昼としては何も言えない。

最初の居眠りである志保子《しほこ》の訪問は本当にうっかりからのうたた寝であったが、それ以降は周を信頼して油断したからに他ならない。

側に誰かが居て眠るなんて真昼には有り得なかったのだが、周だけは特別だ。

好きで側に居て安らぐというのもあるし、周が何かすると思わないという信用あってのものでもある。

側に居ると、どきどきするくせに落ちつく。周の程よい距離感と雰囲気のお陰だろう。

真昼の事を尊重してくれる、大切にしてくれる、見守ってくれる、そんな確信があるからこそ、真昼は安心して気が抜けるのだ。

「そんだけ安心出来る空間って思ってるって事にしておく。……まあ、今回は安眠出来ていなさそうだけど」

「え」

「寝てる時ちょっと魘《うな》されてたからな。悪い夢でも見たんだろ」

昔の事を思い出しながらうたた寝した弊害なのだろう、寝ている時に言葉として漏《も》れてしまったらしい。

心配そうな眼差しを向けてくる周に、真昼もどう説明していいものかと悩んで曖昧《あいまい》な笑みを浮かべるしかない。

「……ええ、悪い夢といえば悪い夢ですね」

「そっか。……聞かない方がいい？」

「別に聞かれるのが嫌とかではないというか……あんまり聞いても面白《おもしろ》くない、というか。どちらかと言えば周くんを不愉快にさせてしまう、というか」

周には真昼の生い立ちを説明しているので、真昼の両親に対していい感情を持っている気配はない。

いい感情を持てるようなエピソードも話していない、というよりはそんなエピソードがなかったが正しいが。

おおよその事情を知っている周からすればあまりよくない感情を抱くのは仕方ない事であるし、真昼としても今思い返すと父親も母親も他人から見ればろくでなしの分類に入る事は認識している。

（……それでも、親だったから愛してほしいと願ってしまったあたり、私も子供だった）

無償の愛なんて、少なくとも自分と両親の間には存在していない。

真昼も、極論を言えば認めてほしいからと手を伸ばして執着していた。それを混じり気のない愛情かと問われると、頷けなかった。

真昼の口籠《くちご》もり方に周も薄々どんな夢を見たのか察したらしく、微妙に躊躇うような雰囲気を匂わせてきたので、真昼は気遣うような眼差しに微笑《ほほえ》んで返す。

「そう大した事ないのですよ？　ただ、昔の、ずっと一人で待っていた夢を見ただけです。帰ってこないし、私を見てくれない。それだけの夢です」

いくら待てど真昼のもとには帰ってこない。そして、真昼を真昼として見てくれない。そんな、小さい頃の夢。

「……頑張っても、結局私は都合のいい子にしかなれなかったんだな、って。いい子でいたら見てくれるんじゃないかって思っていましたけど、逆に手がかからなくて尚更《なおさら》見る必要もなくなったんだなとも、今なら分かります」

振り払われてからますますいい子であろうとしたが、逆効果だったのかもしれない。手のかかる、多少親に迷惑をかける方が、結果的に視界に映してくれたのかもしれない。そこに、愛など微塵《みじん》もなくとも。

全《すべ》ては今更であるし、真昼もこの年になって親からの愛情を求める事はしないので、もうどうこうしようとは思わないが、あの時ああだったら、という答えの出ないＩＦの未来をたくさん考えてしまう。

そんな、意味のないもしもを考えてひっそり笑ったところで、真昼にとっては大きくて頼もしい掌《てのひら》が、真昼の頭にぽんと降りた。

急にどうしたのかと周に視線を向けると、眉《まゆ》を下げて困ったように、申し訳なさそうに瞳を揺らす周と目があった。

「……ごめん、寂しい思いをさせて」

「どうして周くんが謝るのですか。私が勝手にこっちに入って勝手に待っていただけなのに。夢に見たのも、私が勝手に見ただけですので」

「俺の家に来る可能性があったのに出かけるって連絡入れておかなかったし。こうして寝るくらいには待ってたんだろ。待ちくたびれたよな」

そう言って周は一度瞳を伏せた後、真《ま》っ直《す》ぐに真昼を見つめた。

「……俺は、ちゃんと真昼を見てるし、真昼の所に帰ってくるよ」

大きくはない声だったが、どこまでも力強く、真摯《しんし》な声だった。

嘘偽《うそ》りのない透き通った眼差しに、真昼は涙腺《るいせん》が緩みそうになるのを感じながら、それでも堪《こら》えて、ゆっくりと笑みを浮かべる。

(――だから、私はこの人を好きになったのだろう)

やや素直ではないけれど穏やかで情に厚く、どこまでも真っ直ぐに真昼を見てくれる。取り繕った表面も、打たれ弱い内側の部分もひっくるめて受け入れて、大切にしてくれる。

こんなの好きにならずにいられようか。いや、いられまい。

「……まるでプロポーズみたいな言葉ですねえ」

「ぷ、ぷろっ⁉　そういうつもりじゃない！」

泣きそうになるのを誤魔化《ごまか》すようにしみじみと感想を告げると、そういう受け取り方があるという事に気付いたらしい周が瞬間湯沸かし器並みの早さで顔を赤くして手を振る。

そんなに否定されると胸がチクリと痛むのだが、周も今はそういった意味で言っていない事は分かっているので、痛みはすぐにのみ込めた。

「分かってますよ、冗談です。……でも、私が周くんにとっての帰る場所の一つになっているんですね」

「……そういう真昼だって、俺の家が帰る場所みたいなもんだろ」

からかわれたと思ったのか若干不貞腐《ふてくさ》れたような声になっているのが可愛《かわい》らしくてつい笑いつつ、周の言葉にこちらも照れてしまう。

確かに、今の真昼はほぼ周の家が帰る場所だ。

自宅に居ると、一人を実感して寂しさが募る。

慣れていたと思ったのに改めて孤独を感じるようになったのは、周と出会ったせいなのか、お陰なのか。

どちらかと言えば後者だ。

周と出会って、真昼は初めて満たされた。

対等な立場で人と会話する事の楽しさを知った。側に人が居る温もりを知った。共に過ごす穏やかな時間の心地よさを知った。人を本当の意味で愛する事を、知った。

空っぽだった内側は、周と過ごす時間によって、いつの間にかすっかりたくさんのものが詰まっていた。

「そうですね、周くんのおうちは最早自分の家のように勝手が分かりますので」

「むしろ俺より分かってる気がする」

「周くんはよく物の場所忘れちゃいますからねえ」

「うるさい」

照れ隠しにからかうように告げれば、そっぽを向かれた。

忘れる、といってもそれは真昼のためにしているせいだとも分かっている。周が普段使っていたような配置から、周が真昼のために手に届く範囲に使うものを置くよう入れ替えているからだ。

前は日用品も高い所に収納されていたが、今はあまり背の高くない真昼が使いやすいように、少しずつ場所を変えてくれていた。

それから、真昼の私物を置く場所も用意された。ブランケットや歯ブラシ、身嗜《みだしな》み用品、食器に勉強道具一式と、どんどん私物は増えている。

出会ってから少しずつ、この家は真昼が居やすいように変わっていた。

ここに居てもいい、ここが真昼の居場所だ、と言わんばかりに。

「……いっそ」

「いっそ？」

「……なんでもないです」

ずっとここで側に居られたら、なんて言葉には出さない。

まだ、そういう関係ではないし、言われても周は困るだろう。重い女にも程がある。

けれど、それだけ、周に信頼と愛情を寄せている。

一緒に穏やかで温かい暮らしが出来たら、どれだけ幸せだろうか。

「……欲張りなものです、私も」

「何を基準にしてるか分からんが、真昼が欲張りなら俺は強欲どころじゃすまないけどなあ」

「ご冗談を。周くんは人に何かを要求する事なんて滅多《めった》にないですし、割と遠慮しがちで気遣い上手でしょうに」

「そんな事はないぞ？　今は割と真昼に要求しようか悩んでる」

「ふふ、何をですか？」

こんなにも穏やかな気持ちにしてくれる周の言う事なら多少無理をしても叶《かな》えよう、と思える。真昼に望んでくれる事があるなら、叶えたいと思っていた。

何だろうと周を見ると、彼は少し言いにくそうに視線を泳がせたが、意を決したように黒い瞳がしっかりと真昼を見据える。

「辛《つら》かったら、頼れよ」

要求と言いつつお願いでも何でもない、ただの提案にも満たない言葉。

けれど周が何を考えてどうして言ったのか理解出来て、自分は果報者だな、と顔をくしゃりと歪めて笑った。綺麗《きれい》ではないけれど、ありのままの自分の笑みだ。

「……では、甘えても?」

「ん、どーぞ。俺に出来る事があれば何でも」

そう言って澄《す》ました顔を浮かべた周に、真昼は少し悩んで……それから「それなら遠慮なく」と一応断ってから、隣に居る周の膝《ひざ》に、転がるように頭を乗せた。

天井《てんじょう》の方を向けば、予想外だったのか硬直した周の姿が見えて、自分が感じている気恥ずかしさを棚に置いて笑ってしまった。

「……真昼さん?」

「前周くんにした時癒《い》やされていたみたいなので、私も癒やされようかと思いまして。一度体験してみたかったんです」

「男の膝枕《ひざまくら》で癒やされるのかよ」

「まあ寝心地はよくないですよね」

「悪かったな」

「でも、居心地はいいですよ」

「……左様で」

やはりというか男性の筋肉質な太腿《ふともも》は枕《まくら》とするには硬めだが、周の存在を強く感じられるし、温もりと周特有の香りがこちらの地味な緊張を解くように染《し》み込《こ》んでくる。

こうして自ら触れて甘えたい、なんて思うのは、周だけだ。

「……少しだけ、いいですか」

「かしこまりました、お嬢様」

流石《さすが》に無謀だったかと少し不安になりながら見上げると、周はほんのりと顔を赤らめてはいたが嫌がるような眼差しではなく、ぎこちなくも丁重《ていちょう》な手つきで頭を撫《な》でてくれた。

はぐれそうになった時にしっかりと捕まえて引っ張ってくれた、苦しくて泣きたい時に包み込んでくれた、宥《なだ》める時や甘やかす時に撫でてくれた、手。

この手に触れられると、どうも自分が緩くなってしまう。

自分のものより引き締まって硬い指先が優しく触れると、心地よくてつい口元まで緩くなっていた。

「……周くん」

「ん？」

「……ありがとうございます」

「何の事だか」

本人は気遣ったなんて認めたくないらしくそっぽを向くので、真昼も周が照れているのは見ない振りをして、自分も照れ臭さに頬が赤くなっているのをバレないように周に背を向けるように寝返りを打った。

# 油断しがちな天使様

真昼《まひる》は、親しい人とそうでない人で結構態度が変わる。

それを認識出来るのは、親しい人のみだが。

親しくない人に素っ気ない訳ではなく、むしろ穏やかに丁寧に接する。ただ表面上は友好的でもその実警戒心が高く、内側に入って来られないように隙《すき》は微塵《みじん》も見せない。

相手に悟らせないように触れるな、と壁を作っているようでもある。

代わりに、一度懐《ふところ》に入れると相手に非常に寛容になり甘え甘やかしてくる、というのが、親しくなって知った真昼の性質だ。

基本的に信用した相手には警戒すらせず、信頼に基づいた甘えを見せるため、どこまでも無防備でいる。油断していると言っていい。

たとえば、こんな風にゆるゆるになる。

「……このモデルさんは周《あまね》くんと身長ほとんど同じだから着た感じが想像つきやすいですね」

慣れてくると、基本的な距離は近くなってくる。

知り合った当初はソファで距離を空けるなんて当たり前だったし、触れるような距離になる事などあり得なかった。

それがどうだ。

今では、ソファに座る周の隣に腰かけた真昼は実にリラックスした様子で周の読んでいるファッション雑誌を覗《のぞ》き込んでいる。

こちらが何かするなんてちっとも思っていないのか、どこか身を委《ゆだ》ねるようでもある。

これが、色々とクるものがあるのだ。

今周が膝《ひざ》に置いているのはただのファッション雑誌なので別に読まれて困るものではないのだが、一緒に雑誌を見るから仕方ないとはいえ体を寄せて腕にくっつく体勢。

わざとではないのも理解しているのだが、腕に時折ふよふよとしたものが自己主張してきて辛《つら》いものがあった。

本人は当たっている、などとは露《つゆ》にも思っていないらしく、男性モデルを指差しながら「この服周くんに似合いそうですね」なんてはにかみながら上目遣《うわめづか》いしてくるので、そのたびにきゅっと頬《ほお》の内側を噛《か》んで堪《こら》える羽目になっている。

自分でもあまりそういった要求は強くない方だと自覚しているが、それでもこの状況には理性を削られる。

（……もう少しいろいろと警戒というものを知ってほしい）

仮に知っていても、周がその対象でないという事は理解しているのだが、流石《さすが》に少しくらい警戒してくれてもよいのでは、と思うほどだ。

あまりにも気にされなすぎて男として見られていないのではないか、と思う。

「……周くん、上の空ですけどどうかしましたか？」

自分が原因だなんて全く思っていない真昼は不思議そうに首を傾《かし》げるので、周は「誰《だれ》のせいだと……」と声に出しそうになるのを堪えて、誤魔化《ごまか》すように「別に何でもない」と返した。

我ながら素っ気ない声になってしまった、と気付いた時には真昼は少ししゅんとしたように瞳《ひとみ》を伏せていて、慌てて真昼の頭を撫《な》でて宥《なだ》める方向に走る。

「い、いや、怒ってるとかじゃないから。考え事していただけというか……」

「……そうなのですか？」

優しく頭を撫でながら言い聞かせると真昼は安堵《あんど》したように眼差《まなざ》しを和らげるので、周も安堵しつつ丁寧な手付きで髪の柔らかさを堪能する。

最近気付いた事であるのだが、真昼は頭を撫でられる事が好きなようだ。

本当は、付き合ってもいない女性に無闇《むやみ》に触れるのはよくないし、女性は何とも思っていない男に頭を撫でられても不愉快なだけだと知っていたが、真昼が心地よさそうに瞳を細めてされるがままだから、つい触ってしまうのだ。

嫌なら拒むだろうから、いいという事、なのだろう。

それが信頼に基づいた油断だという事も、分かっていた。

(……ほんとに、俺《おれ》に甘い)

基本的に、真昼は周に対して甘いし触れる事を拒まない。

むしろ触られる事が好きだと言わんばかりに、周の接触を喜んでいる気がする。

(もう少し警戒してくれないと、俺がどうにかなりそうだ)

このまま油断され続けていたら、いつか襲ってしまいそうな気がするのだ。

今は嫌われたくないし無理強《じ》いしたくない気持ちが圧倒的に勝っているが、じわじわと理性を削られて、衝動に身を任せるような日が来るかもしれない事が怖い。

傷つけたくないのに、周の中にある男のサガが、理性の警告を無視して真昼に手を伸ばしてしまうかもしれない。

大切にしたいし、幸せにしたい。泣かせるのは以《もっ》ての外《ほか》。

それは理解していても、時折、真昼の事をめちゃくちゃにしたいという欲求が、首をもたげる。

柔らかい体を抱きしめて、滑《なめ》らかな肌に手を滑らせて、小さな唇を思う存分味わう。

あらぬ妄想をしてしまって自己嫌悪する事も何度だってあった。そのたびに信用してくれる真昼に失礼だと自分を叱咤《しった》し軽蔑《けいべつ》した。

万が一にでもそんな事がないように、本来周から距離を取るべきなのだろうが——。

「……今更、無理だろ」

「何がですか?」

ふわふわと緩《ゆる》んだ表情のまま聞き返してくる真昼に、周は少しだけ目を逸《そ》らして「何でもない」と返す。

もう真昼から離れるなんて考えられないくらいに好きになっているので、頭の中で鳴っている微《かす》かな警鐘に知らない振りをして、もう一度真昼の頭を撫でた。

# 夜ふかしはわるいこです

「こと座流星群は今日深夜から未明にかけてが見頃《みごろ》で――」

夕食時にたまたまつけていたテレビからそんなニュースが流れて、周《あまね》は口にしていたものを飲み込んで「へぇ」と声に出した。

元々周はあまりテレビを観《み》るタイプではなく、テレビの電源を入れてもゲームをするか、観てもバラエティ番組、日々の出来事を簡潔に報道してくれるニュース番組程度だ。

一番騒がれているであろうSNSもさらっと直近の出来事を見る程度だったので、今日になるまで気付かなかった。

「流星群か」

「前々から話題になっていましたけどね」

微妙に呆《あき》れているような眼差《まなざ》しをもらったので、周は素知らぬ顔で味噌汁《みそしる》を飲んだ。

今日も美味《うま》い、としみじみしながら真昼《まひる》を見ると、やっぱりほんのりと呆れの眼差しが向けられている。

ただ、それ以上は何も言うつもりはないようで静かにため息をついていた。

「さておき。今回は三大流星群と比べてやや数は劣りますが、観測するにあたって気候も程よく野外で観察しやすいからと、天文部の方が部活動で流星群観察するみたいですよ」

「そういえばクラスの天文部のやつがそんな事話していたの聞いた気がしなくもない」

あまり他人の会話を不必要に聞くのもよくないしそもそも仲良くないクラスメイトはほぼ他人のようなもので興味がないので、聞こえたとしてもそれはただの音として素通りしていく。

その結果、他者との関《かか》わりのきっかけが余計になくなっていくところが自分でもよろしくない部分だとは認識していた。直す気はあまりないのだが。

「周くん、興味のない事はとことん思考から追い出してますよねえ。人と話す時は相手の気になっている話を切り出すと円滑にコミュニケーション出来るので、ちょっと気を付けると後々楽ですよ」

「俺《おれ》はそんな他人に興味ないしなあ。真昼と樹《いつき》、千歳《ちとせ》、あと門脇《かどわき》くらいで充分だし」

もしこれが真昼や樹、千歳あたりが話していたならきっちり記憶していただろうが、やはり親しくない相手だと会話を軽く聞いた程度では忘れているだろう。

「まあ周くんらしいというかなんというか」

「そんなに他人に関わりたいと思ってないしなあ。俺は友達たくさん作れるタイプじゃないし、狭く深くでいいタイプだ」

「周くんは交友範囲狭いですからね。私は基本広く浅く真ん中が海溝です」

「海溝」

「それだけ親交を深めた方は特別、という事ですので」

ほんのりといたずらっぽく笑った真昼に、自分はその特別に入っているのだろうか、と思ったが、聞くまでもないだろう。

自惚《うぬぼ》れていなければ、一応真昼の交友範囲の中ではトップクラスに親しい位置に居る。一番かどうかは怪しいが、彼女も周に対しては油断しているし時折甘えてきたりするので、特別枠だと思ってもいいだろう。

改めて考えてみるとなんだか照れ臭くなって、羞恥《しゅうち》を誤魔化《ごまか》すようにもう一度味噌汁を口にした。

テレビからは、いつ頃《ごろ》が見頃だ、どの地域でよく観測出来るか、という情報が流されている。

テレビによるなら、今周達が住んでいる地域は見頃の範疇《はんちゅう》に入る。天気的にも雲一つない予想が立っていて、観測するにはもってこいだろう。

ここまで好条件だとお膳立《ぜんだ》てされているようで、周としても少しくらい観察してもいいかな、と思い始めていた。

「たまには流れ星を眺める、なんて乙《おつ》な事もいいかもなあ」

「ふふ、滅多《めった》にない機会ですからね。流星群が極大の日には天候が悪いなんてしょっちゅうですから」

「必ずしも晴れてる訳じゃないからなあ」

「ですです。だから本日はうってつけかと」

「……しかし深夜かぁ。眠気的には平気だけど、翌朝の影響が怖いな。まあ明日は体育もないしちょっと窓から見るくらいなら出来そうだな」

流石《さすが》に体育、特にマラソンあたりがある前日に徹夜は体調にモロに影響するので自殺行為だと思うのでやろうとは思わないが、ただの座学なら深夜二、三時くらいならそこまで影響は出ないだろう。

元々睡眠時間は短めでも平気なタイプだ。

普段夜ふかしする訳ではないので、こういった機会くらい多少遅くまで起きていても問題はない。

叶《かな》うなら公園のような広い場所で観測するのがいいだろうが、夜に出歩くのは危険だし下手《へた》をすれば補導されかねないので、家の、精々ベランダからの観賞になる。

それでも夜空を見る分には支障も出ないので、今回はそのつもりでいた。

となると早く課題や日課を済ませておかないとな、とこれからのタスクを考えて段取りを組んでいると、真昼は何か気まずさが混じった悩まし気な表情を浮かべている。

「……どうかしたか？」

「いえ、私も見たくはありますけど……どうしようかな、と思いまして」

「夜ふかしはお肌の大敵だからか?」

真昼は生活リズムを一定にしているし美容に対する姿勢は人一倍真摯《しんし》だ。寝ている間に肌は再生されるという事なので、きっちり睡眠時間は取るらしい。

「まあそれもありますけど……その、流星群は周囲の灯《あか》りがない方が、観察には望ましいでしょう?」

「まあそりゃそうだな」

星空は都会より田舎《いなか》の方が綺麗《きれい》に見えると言われる。

車の排ガス問題もそうだが、なにより余計な灯りがないからこそ星の瞬きに集中出来る。

夜闇《やみ》で光る照明の光は人間の営みの証《あかし》ではあるが、その人間の起こした輝きが星々の命を燃やして生まれる輝きを遮《さえぎ》るのだ。

当然、見る側で照明なんてつけていたら輝きは人間の目には目減りして見えるだろう。

「……私、その、子供っぽいと思うかもしれませんけど、あまり真っ暗な状況で一人で居るという事が、苦手というか」

ぽそぽそと、言いにくそうに言葉を選んで落としていく真昼は、困ったような微笑《ほほえ》みを浮かべていた。

「寝る時くらいは、平気ですけど……その、じっと待ってると、あんまり。胸がざわざわするというか、落ち着かなくなる、ので」

少し俯《うつむ》いてどんどん声を小さくして尻《しり》すぼみになる真昼は、周の視線に気付いたのか慌てたように顔を上げて気丈な笑みを浮かべる。

それが強がりだというのは、真昼とそれなりの月日を過ごしている周には明らかだった。

「だから、動画サイトで天文台の公式が中継のアーカイブを残してくれると思うのでそれを見ようかな、と」

「……一人だと駄目なのか？」

「それはその、……寂《さび》しくなる、というか」

怖い、という単語を使っていないが、どこか怯《おび》えるような様子を見せた真昼は、それでも不安を見せないように振る舞っている。

そんな様子を見てスルーする程、周も心の余裕がない訳ではない。

「……こっち来て見る？」

「えっ」

「俺は今日夜ふかしするつもりだから、別にこの家に居て一緒に見るならそれはそれで構わないけど」

別にお互いに目的が同じなのだから、一緒に見ても問題ないだろう。どうせいつもこの部屋に居るし二人きりに慣れているのだからどうという事はないだろう、と真昼に視線を滑らせるのだが——真昼は、どこか呆気《あっけ》にとられたように瞳《ひとみ》を幾度《いくど》も瞼《まぶた》のカーテンで隠したり晒《さら》したりしている。

何故《なぜ》そんな驚く事が、と疑問に至ったが、次の瞬間まずい事に気付いて「あ」と声が漏《も》れた。

(よく考えなくても深夜に男女二人きりだとよくないよな⁉)

真昼が隣に居る事が自然になっていたのでこの提案が出たのだが、普通に考えれば夜遅くに交際していない男女が同じ部屋で側《そば》に居るというのは常識的によろしくない。

当たり前だが周はそういう意図があった訳でもないのだが、受け取り方によっては疑われるような事を言ったのも事実だ。

真昼が驚くのも、致し方ない。

「い、いや疚《やま》しい気持ちとかは一切なくてだな⁉　その、ただ……隣に人が居れば見られるなら、一緒に見ればいいのではないかと、思いまして」

「……こっち居て、いいんですか？」

希望を見出《みいだ》したような眼差しを向けられて、言い出したくせにむしろ周の方が危機感を覚えていた。

「え、そ、それはこっちの台詞《せりふ》なんだが……危ないと思ってくれよ」

「本当に危ない人なら事前にそういう事言いませんよ」

「……それはそうでも、気にはしてくれ」

「気にはしてますよ？」

絶対嘘《うそ》だ、と思いつつも、真昼が明るい表情になった事の方が大切だ。何かしらの嫌な事が頭から流れたなら、それでいいだろう。

周としても誘ったのはこちらだし何もする気はないので、自分の方によく言い聞かせれば問題ないだろう。そう思う事にした。

「……じゃあ、その、ご飯を食べた後、一度……おうちに、帰りますね。お風呂《ふろ》とか着替えとか、済ませてきます、から」

「お、おう。俺も寝る準備は済ませておく」

真昼の中で、来る事は決定したのだろう。

気が緩《ゆる》んだような、安心感と幸福感を滲《にじ》ませた柔らかい笑みが咲いて、周は視線を泳がせる事になった。

「楽しみですね、流れ星」

少しだけ弾んだ甘い声音《こわね》に、周はなんとか「そうだな」と答えて、これまた誤魔化すようになくなりかけの味噌汁を啜《すす》った。

「お邪魔します」

宣言通り、一度帰宅した真昼は日付変更の前におずおずといった様子で戻ってきた。

流石に寝間着で来るのは大問題だと分かっていたのか、私服だ。髪は緩く一つに編んでおり、ゆったりとしたクリーム色のワンピースを纏《まと》っている。

あり得ないとは思うが寝間着で来たら回れ右させるつもりだったので内心で安堵《あんど》しつつ、それでもどこかいつもと違うように見えるのは、いつもではあり得ない時間帯だからだろうか。

出迎えただけだというのにドギマギとしてしまって不審に見られていないかと心配になったが、真昼は周の動揺に気付いたのかいないのか、ふんわりとした笑みを浮かべるだけだ。

「……その、極大が結構な深夜だから、流石にそこまでは起きてるの辛《つら》いと思うし……数時間くらいになるけど、いいかな」

「はい。よろしくお願いします」

ご丁寧にぺこりと頭を下げた真昼は、そのまま部屋に招き入れる周についてリビングに足を踏み入れる。

一応、観測しやすいようにローテーブルを退《ど》けて窓際のスペースを取り、真昼お気に入りのクッションを配置している。

本当なら真昼もいたく気に入っているビーズクッションを寝室から引っ張りだそうと思ったのだが、あれに腰を沈めると下手《へた》したら寝落ちして本末転倒になりかねないので、持ち出しは避けていた。

ひざ掛けとして小さめのブランケットも用意しているが真昼がやや薄着なので、これまた一応用意しておいた大きめのパーカーを真昼の肩にかけてから隣に腰掛ける。

「至れり尽くせりですね」

「……普段は真昼がしてるからな。こういう時くらい、俺もちゃんと準備ぐらいするよ」

そんなに準備が下手だと思われていたのか、と笑いながらリモコンで照明を落とすと真昼が微《かす》かに身を震わせた。

「ごめん、ちゃんと言ってから消せばよかったな」

「いえ……ちょっとびっくりしただけですから平気ですよ」

そう言いつつ、地味に指先が周の着ているスウェットの裾《すそ》を摑《つか》んでいる事は指摘しないでおくべきだろう。

何も言わず、周は不自然にならないように少しだけ真昼に体を寄せてから、そっと窓の外に視線を向ける。

普段あまり意識してはいないが、空を改めて見ると、黒に近い紺に追加してほんのりと青と紫を混ぜ込んだ、透き通るようで何も見通せない不思議な色だ。

散りばめられた星々の輝きが映えるようにしているのではないか、と思う程に、静かな色をしている。

今日はいつもより空気が綺麗なのか、空を彩《いろど》る小さな光の瞬きは強く見えた。

綺麗だな、と音にはせずに呟《つぶや》いて、横目で真昼を眺めると、真昼は真昼で静かに窓越しに空を見上げていた。

月明かりが、真昼の整った輪郭をなぞるように照らす。

長い睫毛《まつげ》が淡い光を受けて優しく輝いて見えるのは、気のせいなのか、周の瞳が好きな相手にエフェクトをかけているのか。

ただ確かなのは、隣に座る真昼がいつもとは違った、繊細で儚《はかな》げでそのくせどこか妖《あや》しげな魅力を放っている、という事だ。

「……綺麗ですね。まだ流れ星は見つけてませんけど、これだけでも充分に素晴らしい光景だと思います」

視線に気付いたらしい真昼がこちらを向いて微かに笑みを浮かべるので、周は一瞬我を忘れた事に気付いて慌てて頷《うなず》いた。

「そうだな。こうして真夜中に静かに星を見るなんてしなかったから、結構新鮮だと思う」

「落ち着いて星を見るなんて、簡単なようで時間に急《せ》かされる現代社会では中々ないですからねえ」

「そうだな。まあ、惜しむらくはここだとちょっと見にくい事かな。実家だったら庭にレジャーシート敷いて寝転んで眺めたんだけどな。ここよりは星も見やすいし」

実家がある場所はこの地域よりも人の往来が少なくその分人工灯も少ないので、星が綺麗に見える。

庭もそれなりに広く手入れがされているので、シートを敷いて観賞する事も出来るだろう。

周が小さい頃、流星群ではないものの星空を両親と並んで眺めた事を思い出して、懐かしさに少し口元が緩んだ。

「ふふ、想像すると素敵ですね」

「まあここよりちょっと田舎だからな。景色も綺麗に見えるよ」

「いいですね。私の家はマンションの高層階だったので、夜空は綺麗に見えましたけど……きっと、周くんのご実家で見る方が、ずっと綺麗でしょうね」

その言葉にどう返していいか分からず応《こた》えあぐねた周に、真昼は小さく笑った後静かに視線を外に移した。

どこか、遠い所を見るような眼差しで。

「今は、昔よりずっと綺麗に見えます」

「……そっか」

何とかそれだけ返した後、周はそれ以上口を開かず、同じように空を見上げる。

ベランダの方に出ようか、とも思ったが、真昼が隣に居るこの状況で離れようとは思わなくて、ただ静かに星空を眺めるだけ。

太古の輝きを今に届けてくれる星空は、周達に何かを語る事はなく、穏やかな夜闇を照らすように淡い輝きだけをもたらしていた。

不思議と心地よい緊張感を孕《はら》んだ沈黙が、部屋を満たす。

聞こえるのは、互いの吐息と衣擦《きぬず》れの音。どこか遠い所で、車のクラクションが聞こえた。

そうして、どれだけの時が経《た》ったのか。

真昼が、小さく「あ」と言葉には満たない、幼げな声をこぼした。

反射的に真昼を見れば、澄んだ瞳が何かを追って撫《な》でるように視線を空に滑らせていた。

星に負けじと美しくきらきらと輝く瞳に、呆《ほう》けたように横顔を眺めて——それから遅れて、流れ星を見つけたのだと理解した。

周も慌てて外を見るものの、流れ星の寿命は短く、とうに燃え尽きた後だった。

やっちまったなあ、と思いつつも、流星より美しいものを見られたので、それでよかったのかもしれない。

「……何かお願い事はしたか？」

「こういうのって言わない方が叶《かな》う気がしませんか？」

「そういうものか？」

「そもそも、私の今のお願い事は……願い事、というよりは願掛け、もしくは宣誓みたいなものなので」

だからナイショです、とはにかんだ真昼は、今度は周をじっと見つめる。

「そういう周くんはなにかお願い事をしたのですか？」

「え……いや、まあ、特には」

真昼の横顔に見とれていたとは到底言えずに曖昧《あいまい》に誤魔化そうとしたのだが、そんな周の魂胆は見え見えだったらしく「ちゃんと見てなかったですね？」とおかしそうに笑っていた。

「う。……次はちゃんと見つける」

「ふふ、そうしてください」

口元に手を添えて笑った真昼は、また窓の外に視線を戻す。

今度は周も真昼に言われないように流れ星を眺めようとしたところで、真昼が一度ふるりと体を震わせた事に気付く。

春とはいえ夜は冷えるので空調は効かせているが、周の感覚と真昼の感覚は違う。元々真昼は体温はそこまで高くないタイプなので、上着やブランケットだけでは温《ぬく》もりが足りなかったのかもしれない。

配慮不足だった、と思いつつそっと真昼の顔を覗《のぞ》き込むと、驚いたのか目を丸くしている。

「……寒くない？」

「いえ。周くんが上着貸してくれたから平気ですよ。……大きくて、温かいです」

「……それはよかった」

しっかりとパーカーに袖《そで》を通していた真昼がへにゃりと笑うので、周は気恥ずかしさを覚えて頬《ほお》が緩みそうになるのを噛《か》んで堪《こら》えていた。

真昼が着ると、どうしてもぶかぶかな格好になってしまう。

周だけなのか他の男もそうなのかは知らないが、こういう体格差を如実に感じさせるような格好が好きなもので、どうも恥ずかしくなってくる。

袖からちょこんと出た指が周の服の裾を掴んでいるところがまた可愛《かわい》らしくて、何とも言えない嬉《うれ》しさと気まずさに周は腰を浮かそうとした。

「……その、俺、温かい飲み物淹《い》れてくるからそこで」

「あ……」

ただ、小さな声と僅《わず》かな抵抗が、周の尻を床に縫い留めていた。

先程まで服の裾を掴んでいた真昼の手は、行かないでと言わんばかりに周の手を握って繋《つな》ぎ止めている。

ほっそりとした指は随分とひんやりしていて、やはり普段よりちょっと冷えているし、冷えのせいではなさそうな震えも感じさせた。

「ご、ごめんなさい邪魔して」

「……いや、いいよ。……真昼の手は、割とひんやりしてるよな」

周が固まった事でか細い指先が慌てたように離れようとしたので、敢《あ》えて周はその手を自分のもので包み込むように握り返した。

途端に安心したような瞳になるので、口には出さないが一人にされる事が怖かったのだろう、と推測する。

そっと頼るように握ってきた真昼は、気恥ずかしさもあるのかほんのりと瞳を伏せつつも、もう周を離そうとはしなかった。

「周くんの手が温かいだけですよ。周くんはいろいろと温かくて、側に居るの、心地よいです」

「……そうかよ」

心地よいという意味合いがどういったものなのか、聞けはしないが、少なくとも好意的に見てもらえているのだけは分かる。

今の周にはそれだけで充分だ。

優しく手を繋いだ真昼が、ちらりと時計のある方を見る。

目を細めて数字を確認すれば、流れ星を観測し出してから二時間近くが経とうとしていた。

「初めて、こんなに夜ふかししちゃいました。普段は寝られない時くらいしか、こんな時間まで起きていないのですけど。悪い子ですね」

「たまには悪い子になっておこうか。俺も一緒に悪い子になるからさ」

「……ふふ、悪い子でもいいんですか、私」

「誰《だれ》でもいい子の時も悪い子の時もあるだろ。人間なんだから、全部正しくあろうとしなくたっていい。今日くらい、悪い子になっても平気平気。ここに居るのは俺と真昼の二人なんだから、誰も咎《とが》めたり文句つけたりしないさ」

内緒にしておけば問題ない、と笑うと、真昼も釣られたように笑った。

どこか救われたような、安堵と幸福感を滲《にじ》ませた笑みで周の手を握り直した後、真昼は周に身を寄せてくる。

一瞬固まってしまったものの拒絶とは受け取られなくて平静を装うのだが、真昼は周の耳にそっと顔を近づけてくる。

「……もう少し、悪い子になってもいいですか」

「いいぞ。どうした？」

「……おなかすいたので、夜食食べましょう」

悪い事だと思っているのか微妙に罪悪感混じりの小さな声。

こんな些細な、あくまで真昼にとってのだが『悪い事』をするのにも、勇気が必要だったようだ。

何とも可愛らしい悪い事に、周は穏やかな笑みで頷いた。

「大賛成。一緒に悪い事をしよう」

具材をたくさんトッピングしたカップラーメンを夜中に食べるなんて、おあつらえ向きの悪い事だろう。

軽《かろ》やかに笑って、周は今度こそ立ち上がった。

真昼と、手を繋いだまま。

「冷蔵庫に確か味付け卵と煮豚とチーズあったよなあ。折角だから全のっけしようぜ」

「……夜中だと消化に悪そうですね」

「悪い事だからなあ、仕方ないな」

いたずらっぽく告げれば、真昼も少し浮かれたような楽しそうな笑顔を浮かべた。

笑い合って、二人でキッチンに向かう。

今度は、繋いだ手は震えていなかった。

# 裏側の決意と感傷

「で、優太《ゆうた》はそれでいいのか？」

ゴールデンウィークに優太と樹《いつき》、周《あまね》で遊んだ後の帰り道。方向が違うからと二人で駅まで周を見送ると、それまで黙っていた樹は優太に静かな声で問いかけてきた。

「何が？」

その問いが何を指しているのか、優太には聞かずとも分かっていたが、敢《あ》えて分からない振りをして口元には笑みの形を浮かべ続ける。

そんな優太を僅《わず》かに痛ましげに一瞥《いちべつ》した樹は、小さなため息を一つ落としてから改めて口を開いた。

「椎名《しいな》さんの事に決まってるだろ」

当たり前のように、それでいてどこか躊躇《ためら》いがちに紡《つむ》がれた言葉に、優太もまた当たり前のようにその問いを受け止めた。

樹に直接そうだと伝えた事はなかったし、一番の友人である一哉《かずや》や誠《まこと》にも、言った事はない。誠はなんとなく察していたであろうが、それだけだ。

なるべく表に出さないようにしてこっそりと隠し持っていた想《おも》いは、樹に見抜かれていたのだろう。

自分が注目を浴びるタイプだと自覚しているからこそ隠し続けていたのだが、この男はそんな優太の隠し事はお見通しらしく、心配そうな眼差《まなざ》しを向けてくる。

こういう時に敏《さと》いから厄介《やっかい》なんだよな、と苦笑を浮かべつつ、探るような眼差しを向けてくる樹に視線を合わせた。

「それでいい、って言われてもね。俺《おれ》はそもそも言うつもりはなかったし、藤宮《ふじみや》にも椎名さんにも伝える気もないよ」

「……遠慮したとかじゃないのか」

「違う違う。元々抱えたままでいるつもりだったんだ。藤宮は関係ないし、藤宮とこうして仲良くなったんだから尚更《なおさら》言うつもりはないよ。言っておくけど、遠慮じゃないからね」

変に気を使いそうな友人に先手を打って余計な事を考えさせないようにしてから、からりと笑う。

この笑みがどこか空虚なものに受け取られないように願いながら。

「……まあ、そもそも脈とかないの分かってるからね。あの二人の間に俺が挟まろうとか邪魔しようとか、とても思えないよ。デート……とは本人が認めてないけど、デートで出くわした時の椎名さんの顔見てたら勝ち目ないなーって思うし。邪魔したら馬に蹴《け》られるレベルだよ、あれ」

学校では一切《いっさい》そういう素振《そぶ》りは見せていなかったが、あの時会った真昼《まひる》が周に向ける眼差しはどう見ても恋する女の子のものだった。

普段の儚《はかな》げで美しい、まさに天使の笑みではなく、感情の色と熱が乗せられた甘い笑み。周の事が好きで好きで仕方ないと表情や眼差しがこれでもかと語っている、等身大の女の子の姿。

あんなものを目の前で見せられてしまっては、こちらに脈なんか生まれる筈《はず》がないと確信するほどだ。

どうして周があの眼差しで気付かないのか疑問な程でもあるが、周は付き合いの短い優太から見ても卑屈《ひくつ》な上に慎重で、言ってしまえば臆病《おくびょう》な男で、その好意を信じ難《がた》いと思っているのだろう。

(まあ椎名さんみたいな完璧《かんぺき》美少女から好意を抱かれるって普通はないから信じ難いのも分かるけど)

だからといって、あんなにも親密な様子で好きだと見える眼差しを向けられて自信が持てないのも相当な自己評価の低さである。

「周の事、恨んだりは？」

「警戒してる？」

「お前の性格上ないとは思うが、念のため……っつーか、確認？　ほんとによかったのかって。オレは周の友達でもあるけど、優太の友達でもある訳だし。どっちも不幸になってほしくないっていうか」

こと周と真昼の仲に関しては、樹は圧倒的に二人が恋仲になるの推奨派だと思っていた優太としてはその言葉は意外で、思わず大きく瞬きを繰り返してしまう。

どうやらこちらも心配してくれていたようで、じわりと胸の奥が温かくなるのを感じながら肩を竦《すく》めてみせた。

「心配しなくても、馬に蹴られたくないし、邪魔したりしないよ。それが分からない程鈍い訳じゃないし」

たとえ周と友達でなかったとしても、あの二人の様子を外から見て割り込もうなんて無謀な人間ではない。それだけ他者を寄せ付けない親しさが見えたのだ。

樹は優太と周、どちらも親しい友達という難儀な立場だからこそ、こうして気を回しているのだと思うと少し同情してしまう。

気遣うような眼差しに、優太はもう一度笑ってみせる。

「樹が思うほど、俺は傷ついてはないよ。なんていうかさ、俺の椎名さんへの気持ちは……憧《あこが》れみたいなものだったんだよなあ。淡い想いというか」

真昼を好きなのは事実ではあるが、身を焦《こ》がすような強い熱情かと問われれば、頷《うなず》けないものだ。

顔に出さず、胸の奥に秘めて埋め込んで沈ませて、表に出さないように出来るくらいには、淡く優しいものだった。

「別に藤宮に気を使って退《ひ》いたとかじゃなくて、なんというか……俺は多分、本気かと言われれば、多分、違うんだ。明確な好意というより、共感と憧憬《しょうけい》が先にくる感じ」

「共感？」

意外な言葉だったのか大きく瞳《ひとみ》を瞬かせる樹に、苦笑で返す。

「まあ、俺は椎名さんの事、自分と同類だと思ってたんだよ。異性に辟易《へきえき》してたタイプ。好かれて嬉《うれ》しいと思う反面、重くて身動きとれなくて苦しむ。でも今更他人に見せる顔を変えられなくて、身に付けた笑顔の奥で窒息していく、そんなタイプだって。……椎名さんは俺と同じで、でも俺より上手《うま》く立ち回っていて。苦ではなさそうに笑って全部包み隠せる強さに憧れてた」

客観的に見て、優太は自身の外見が人よりも整っている自覚はあったし、得意な事を突き詰めて人に誇れるような能力がある自覚もあった。

その結果異性から持て囃《はや》されているという事も分かっていた。

ただ、それは見た目や能力からくるものであって、ある種の偶像《ぐうぞう》として見られている事も自覚していた。

だからこそそういった対象として自分を求めてくる異性に対して好意を抱く事が出来なかった。どこか虚《むな》しさすら覚えていた。

そんな中初めて同じような立ち位置に居る真昼を見て、興味を示した。そしてその苦を全く感じさせない立ち振る舞いに感動した。

一人で強く凛々《りり》しく立っている姿に、憧れたのだ。

けれど、結局それも言ってしまえば偶像の押し付けのようなものだったのだ。自分が辟易《へきえき》していたイメージの押し付けを、自分も彼女にしていた。

好意を抱いた気高い真昼は、周の前でただ一人の女の子として笑っていた。天使様でも人を寄せ付けない完璧美少女でもなく、ただ一人に恋する女の子として。

そして、周はそんな真昼を当たり前のように受け入れていた。

ありのままの自分を大切にしてくれる相手を見つけた真昼を、優太はもうまっすぐに見られなかった。

「孤独でも凛々しく咲く高嶺《たかね》の花なんてのは俺の勝手な見方で、椎名さんは……言い方は悪いけど、普通の女の子だった事をあの時理解して。ああしてちゃんと好きな人見つけてひたむきに想いを向けてる姿見て、横に入ろうとかっていう前に応援したくなったっていうかさ。幸せになってほしいなあって」

やっと、よき理解者を見つけたのであれば、ある種同じような立場に居る優太が応援しない筈がないのだ。

「お前はそういうところが無駄にイケメンなんだよなあ」

「それ関係ある？　っていうか褒めてるのかそれ？」

「褒めてる褒めてる」

「ほんとかなあ」

茶化《ちゃか》すようにへらりと笑った樹に、淡く笑みを返す。

「まあいいけどさあ。……話は戻るけど、俺は別に藤宮を恨んだりはしてないよ。いいやつじゃん、みんな知らないのがもったいないくらい」

あまりクラスでは目立たない存在ではあるが、優太から見て周は温厚で心優しくて良識的な人だった。

樹にはすげない態度を取る事が多いが、それも表面上のもので、いわゆるじゃれ合いの一種。その本質は繊細で他人をよく見て気遣っている情に厚い人だ。

あまり自分に自信がないというのは目立つ欠点ではあるが、素っ気ないようで本質的には柔らかい物腰と紳士的な態度は彼の大きな美点だろう。

そもそも学校では美しい微笑《ほほえ》みをたたえるだけで一切本心を窺《うかが》わせない天使様があんなにも信頼を寄せているのだから、人柄の良さは折り紙付きだ。

そんな周も真昼が好きで、控えめながらに好意を見せている。真昼をただ一人の女の子として見ているのも、よく分かる。真昼を見つめる眼差しが、大切そうで愛《いと》おしそうなのだ。

どう考えても両想いな二人の間に入るなんて、優太には出来ない。

「あの二人は、あの二人じゃないと駄目なんだなって」

優太は運命なんてものは信じていないが、二人の人柄と仲睦《なかむつ》まじさを見ていると、この二人は最良の縁が結ばれたのだろう、と痛感する。

それほどに、二人はお互いを補い合うように寄り添っていた。

「俺は多分、言い方は悪いけど椎名さんじゃなくてもいいんだと思う。好きだったけど、絶対に椎名さんじゃないと駄目って訳ではない。そんな覚悟で奪いに行くのは失礼だし、多分見向きもされないよ」

「……そうか」

「だから、喪失感とか嫉妬《しっと》とかそういうのより……じれったさが先にくるかな。早く幸せになってほしい」

少し寂《さび》しさはあるが、それ以上になるべくして二人は寄り添い合っている、という納得の方が強いし、祝福する気持ちがその寂しさを塗り替えている。

結ばれてほしいと思うし、二人で支え合っていてほしいとも思う。嫉妬《しっと》する事もないほどに比翼《ひよく》の鳥のような仲に見えるのだ。

嘘《うそ》偽りなく応援する気持ちだ、と断言すると、樹は微妙に困ったような、悲喜をどちらも含んだ顔で笑った。

「優太はいい子だなあ」

「馬鹿《ばか》にしてる?」

「してないしてない。ただ、オレはいい交友関係に恵まれてるなあと思っただけ」

眉《まゆ》を下げながらも緩《ゆる》い笑みを浮かべて髪をグシャグシャにしてきた樹に、優太も笑って同じようにやり返す。

本当に交友関係に恵まれているのは、優太の方だ。

樹はこうして周りが歪《ゆが》んでしまわないように気を付けて、友人が傷ついていないか心配して、けれど恩に着せる事もなく気遣わせないように、どちらに偏る事もなく寄り添ってくれる。

自分は得難《えがた》い友人を得たんだなと、そう改めて思わせてくれた。

優太は、自分は恵まれているのだとしみじみと思いながら、目元が熱くて頬《ほお》が冷たい事に気付かない振りをして穏やかに微笑んだ。

# 二人の過ごし方

「最近の周《あまね》って椎名《しいな》さんと二人の時何してるの」

学校の帰り道、参考書を買いに本屋に寄っていたのだが、そのあたりにはあまり興味のなさそうな樹《いつき》が急にそんな事を小さな声で問いかけてきた。

本当に急だったので何なんだよと訝《いぶか》るような眼差しを向けたのだが、樹が手に『おうちデートオススメの過ごし方！』といった見出しがでかでかと書かれた雑誌を持っていたので、それの影響だろう。

前にも似たような事聞かれたような、とかまだ付き合ってすらないのに何考えてるんだこいつ、と思いはしたものの、別に疚《やま》しい事は一切ないので隠した方が怪しまれるだろう。

そう思って、周は必要な参考書を持ったまま少し視線を上に向けて、真昼《まひる》と二人でどう過ごしているかを思い出す。

別に、樹が思うような過ごし方は一切していない。

当たり前ではあるが、周と真昼は現状ただの親しい友人だ。食卓を共にするが、あくまで友人。決して、交際している訳ではない。

なので樹の期待するような甘い雰囲気になる訳でもないし、彼氏彼女でありがちな恋人がするスキンシップ等もない。普通に隣に居て過ごす、としか言えなかった。

「……一緒の部屋に居ても別の事する時もあれば勉強する時もあるって感じだが。精々一緒にテレビ見たり読書したり……くらいだが」

周に至っては一応、というものではあるが、周も真昼も勤勉な学生として過ごしている。真昼の作った夕食を堪能した後は後片付けの後に二人で課題をこなし予習復習をして翌日の授業に備え、余裕があればのんびりテレビを見たり周主導で漫画や雑誌を一緒に眺めたり、稀《まれ》にゲームをしたり、といった具合だ。

そもそも挙げたのも一例で、隣に座ってそれぞれ好きな事をする事も多い。

真昼は手慰《てなぐさ》み兼趣味だと言うレース編みや刺繍《ししゅう》をする事もあるし、周はソシャゲをしたり動画を見たりして過ごす事もある。

常に一緒に何かをする訳ではないし、各々《おのおの》好きな事をして過ごす場合いちいちお互いに干渉するような事はあまりしないのだ。

簡単に伝えると、樹は信じられないものを見たといった様子でわざとらしく目を見開いてわなわなと口を震わせていた。

「何で好きな女の子と二人きりで進展の一つもないんだ」

「うるせえ。そもそも、好きだからってぐいぐい行ける訳ないだろうが」

「へたれめ」

「やかましいわ。つーか何かしたら俺の俺が危機を迎える」

有り得ないが、仮に周が獣性を剝《む》き出しにして真昼に襲いかかったとして、真昼はその場合遠慮なく急所を攻撃するだろう。

そもそも、何かあれば攻撃する、と事前に言っているのだから確実にしてくる。

間違いなく潰《つぶ》されるという確信があった。

「椎名さんがするかあ？」

「最初からするって断言してたぞ」

「ええ……？」

樹は真昼の事を淑《しと》やかで穏やかで乱暴な事はしないと思っているようだが、周からすれば淑やかで穏やかな事には頷《うなず》くが自分の危機には敏感で原因の排除は何の躊躇《ためら》いもなくする冷徹さもある人間だと思っている。

勿論《もちろん》、嫌な事をされれば拒む権利があるので当たり前であるが、樹は「そこまでするかぁ？」と懐疑的な様子だ。

「そもそも俺は真昼を傷つけたくないし嫌な事強《し》いて嫌われる方が嫌だ。何で大切にしたいのに泣かせるような事しなきゃいけないいんだよ。俺は自分の欲求と都合を押し付けるだけの最低野郎になりたくない」

恐らく自分の欲求を押し付けて嫌われたり泣かれたりする方が周には辛《つら》い。

周は優しく真摯《しんし》に真昼と接したいのであって、身勝手な感情や衝動を押し付けてはならないし押し付ける気もない。それは真昼相手であっても、他の人間であっても。

「お前はそういう所が美点だけどへたれなんだよなあ」

「うるさいな。……別に、いいだろ。俺は一緒に過ごすだけでも十分心地よいと思ってる」

急いで仲を深めたいとか、そういう事は思っていない。

勿論《もちろん》好かれたいという気持ちはあるが、ゆっくり、自分の事を知ってその上で好きになってもらいたいのだ。真昼に限って表面だけ見る事はないが、やはり時間をかけて周という人間を知ってもらいたい。

まあ、大分だらしない所やいい加減な所を知られているので、今更時間をかけて知ってもらっても、という事を言われたら否定出来ないが。

樹は周の言葉に微妙に呆《あき》れたような眼差しを向けてくるが、意見を変えるつもりもないのでスルーして参考書をレジに持っていった。


家に帰れば、いつも通りに真昼を手伝う形でご飯を作り、共に食べて後はゆったりとした勉強タイムになっていた。

本当に特に変わらず、真昼は周の隣で静かに復習に励んでいる。課題は既に終わっているそうなので、先取りしていた内容を改めて勉強しているようだ。

特に、樹が求めそうな色気のある展開などないし、周も学生の身なので勉学に励むのは当たり前という事で静かに今日買ったばかりの参考書を解いている。

カリカリ、とシャーペンが紙を引《ひ》っ掻《か》く音と紙をめくる音、そしてお互いの呼吸音だけが静かに響く。

集中のためにテレビは消しているので、夜に入った時間帯という事もあり本当に静謐《せいひつ》な空間となっていた。

暫《しばら》く周も黙々と参考書を解いていたのだが、少し集中力が切れてきたので一息をつこうと顔を上げる。

軽く肩を上下させてほぐしつつふと横を見れば、真昼は変わらずに参考書を解いていた。ぴんと伸びた姿勢は誰《だれ》が見ても綺麗《きれい》で、涼やかだ。

無言でシャーペンを動かす横顔は真剣なもの。

少し伏せられた瞳がどこか儚《はかな》さとほのかな艶《なま》めかしさを感じさせるので、思わず周は握っていたシャーペンを手から離して呆《ほう》けたように真昼を見つめてしまった。

「……どうかしましたか？」

視線に気付いたらしい真昼が、体を捻《ひね》ってこちらに顔を向けてくる。少しだけ気が抜けたような穏やかな笑みを口元にふんわりと浮かべた真昼に、見惚《みほ》れていた事が急に恥ずかしくなってしまう。

「え、い、いや何でもない」

「……本当に？」

「い、いやまあその、姿勢が綺麗だな、と思って」

嘘《うそ》は言っていないので許されるだろう。姿勢が綺麗なところにも、見惚れた。

姿勢の事を言及された真昼はぱちりと瞬《まばた》きを繰り返した。

「そうですかね？　普通ですけど」

「それが普通になってるって事はすごいと思うけどな。ご飯食べる時も背筋《せすじ》真《ま》っ直《す》ぐだし、普段から姿勢よくしてる証拠だろ」

「ふふ、まあ小雪《こゆき》さんはそういうところ厳しかったので。綺麗な姿勢や所作は相手に好感を抱かせますし、姿勢が良ければ前を向くことになって自然と自信を持つ事にも繋《つな》がりますから」

そう上品に笑う真昼が言うのだから説得力がある。

品のある仕草と粗野な仕草なら当然品のある方が好感度は高いし、姿勢がいい人は自信があるように見える。自信があるように見えるからそう扱ってもらって自信がつく、という事なのだろう。

「周くんは普段ちょっと猫背気味ですから、しっかり姿勢を保つ意識と、背筋《はいきん》を鍛えた方がいいですね。ほら、ぴしっ」

可愛《かわい》らしい擬音とともに多少丸くなっていた周の背を伸ばすように軽く肩を摑《つか》んでもう片手で背中に手を添えて、周の姿勢を直しにかかる。

「姿勢がいいのって体が鍛えられてる証拠なんですよ。筋肉が弱ってると、体幹がブレますし体が丸まりがちです。最近トレーニングに励んでいますからこれはお節介になるかもしれませんけど、足腰はもちろん大切ですけど、胴体の筋肉もしっかり鍛えてくださいね。意識的に姿勢をよくする事もトレーニングですよ」

近くでそう囁《ささや》きながら真っ直ぐになった背中をゆるりと撫《な》でる真昼に、妙にぞわぞわしてしまって「お、う」と上擦《うわず》った声を上げてしまう。

そんな周に真昼は鈴を鳴らしたような澄んだ軽《かろ》やかな笑い声を上げる。

「そんなにぎこちなくならなくても。ちょっと意識するだけで姿勢は正せますよ?」

慣れない姿勢に戸惑った、と判断したらしい真昼に少し安堵《あんど》して今度は自ら背筋を伸ばすと、側《そば》の真昼はよろしいと言わんばかりに頷いて、少し離れて……それから、じっと周を見る。

「……何?」

「先程のお返しです」

「左様で」

どうやら今度は真昼が周を見てくるので、周としては非常にやりにくい。

綺麗な姿勢のまま楽しそうに笑ってこちらを見てくる真昼は、どこかいたずらっ子のような印象を抱かせた。

「……別に見ていて楽しい事はないと思うんだけど」

「そんな事はないですよ。楽しいです」

「どこが」

「そうですね、周くんは案外睫毛《まつげ》が長いな、とか前髪ちょっと伸びてきて邪魔そうにしているな、とか、結構喉仏《のどぼとけ》が見えてるな、とかそういうの観察するの楽しいですよ」

予想外の細部を見られていて、気恥ずかしさが増してくる。

あまり意識した事のない部分を観察されて恥ずかしくない訳がない。

嫌とかではないが、好きな女性に細かく自分をチェックされるのは何というか、いたたまれなくなる。

「あんまりそういうの見ないでくれ」

「やです、可愛いですもん」

周のどこをどう見てそんな台詞《せりふ》が出てくるんだ、と思ったが、文句を口にする前に真昼の涼やかな笑い声が聞こえた。

「周くんは自分で気付いていない所にも魅力はたくさんありますよ。私がちゃんと見ておこうと思って」

口元に手を当てて上品に微笑《ほほえ》んだ真昼に、周は耐えきれなくなって「好きにしろ」と呻《うめ》きながら参考書に向き直る。

仕方ないと言えば仕方ないのだが、真昼のせいで体に力が入らず机に突っ伏す体勢になってしまい、微笑ましそうな笑い声が更に増すのであった。

# 昼下がりの微睡みと真昼の好奇心

休みの日の昼下がり、周《あまね》はソファに横になって午睡《ごすい》を満喫していた。

夏が少しずつ近づいているとはいえ、気温としてはまだまだ空調をつけずとも快適で、昼寝をするにはもってこいの時期だった。

お気に入りのソファに横になってから一時間程して、側《そば》にあった気配で目が覚めた。

「……全く。いくら暖かいとはいえお腹《なか》を出していては風邪を引くでしょうに」

どこか呆《あき》れたような声が聞こえてきて、薄く目を開けると真昼《まひる》がこちらに背を向けながら窘《たしな》めるような声を上げていた。

それから棚に置いてあったバスケットの中からブランケットを取り出している。

ちらりと自分の腹部に視線を向ければ、寝返りを打っている時にめくれたのか腹部が丸出しになっていた。

真昼の食生活の管理や適度にジョギングや筋トレをしているお陰で、無駄な脂肪こそついていないが、優太《ゆうた》のようなぱきりと割れた腹筋でもない。多少筋肉が見える程度の薄い腹は、真昼に見せるのは恥ずかしいもののような気がした。

「ほんと、仕方のない人ですね……」

小さく呟《つぶや》かれた言葉はどこか優しく慈《いつく》しむような響きで、思わずドキリとしてしまう。

振り返ってブランケットを手にしている真昼が、近づいてくる。

このまま寝ている振りを続けたら真昼はどうするのか気になって、そのままバレない程度に薄目で見ていると、真昼は何故《なぜ》かブランケットを手にしたままじっとこちらの腹部を見ている。

だらしない腹だと言われるのかと内心で身構えてしまったのだが、真昼はほんのりと恥ずかしがるように瞳《ひとみ》を伏せた。

ちらちらとこちらを見て、それから頬《ほお》をうっすらと染めて何かを迷うように視線を腹部に当てている。

「……そういえば、筋トレしていると言っていたような。前よりも……」

小さく呟かれた言葉に、そういえば風邪を引いて看病してもらった時より体つきはしっかりしたよな、という事を改めて思う。

あの時は不健康極《きわ》まりない生活をしていたので、男らしいというよりはもやしに近かった。

今は多少とはいえ鍛えているので、あの頃《ころ》よりは逞《たくま》しくなっているだろう。

昔を思い出したらしい真昼はぽわっと顔を赤らめるが、視線を腹部から外す気配はない。

周が起きている事には気付いていないらしく、そわそわとした様子である。

今起きたら逃げそうなので起きるに起きれず、真昼の様子を見るしかない周だったが、真昼

が意を決した顔でそっとお腹に触れてきたので体を揺らしそうになった。

気になったらしく、小さな手が剝《む》き出しになっている腹部をなぞる。

柔らかな指先が微《かす》かにある腹筋の凹凸《おうとつ》をたどるたびに、表に出してはならない感覚がじわりと背筋を撫《な》であげる。

（……よ、よろしくない、この状況は）

普通に真正面から躊躇《ためら》いなく触れられる分には何とも思わないだろうが、おっかなびっくり恥ずかしそうに、躊躇いがちに、ソフトタッチでなぞられれば話が変わってくる。

そのじれったいとも言える触り方は、こそばゆいし、今要らないような感情と衝動を搔《か》き立《た》てるようなものだ。

これならもっと強く触ってもらった方が感覚的に変な勘違いをしそうになくて助かるのだが、あくまで真昼は周を起こさないような、慎重で丁寧な手付きで触れている。

だからこそ、こんなにも、もどかしい。

好きな女の子に触れられるのは、正直嬉《うれ》しくはあるのだが、場所とタイミングが悪い。このままだと非常にまずい。

なので流石《さすが》に止めようと触れている真昼の手首を摑《つか》むと、分かりやすく真昼は体を揺らした。

「……流石に、その触り方は困るというか」

場所も腹筋の下あたり、下腹部に近かったのでとてもよろしくないと真昼を制止したら、真昼は手どころか体の動きを止めた。

唯一動くのは口元と目で、信じられないと言ったばかりに瞳を大きく見開いて口をはくはくと動かしている。

恐らく本人としては全く意識していなかっただろうが、周としては意識してしまうので、止めるしかなかった。

「普通に起きている時に触ってくれたらいいんだけどさ。……真昼?」

「ね、ねた、ふり」

「ごめん、真昼が何をするのか気になって」

周の言葉に、真昼が顔を瞬間沸騰させて、周の手から逃れてブランケットを被《かぶ》る。

「……ご、ごめんなさい。その、お、思ったよりも、体が、たくましく、て」

「気になったなら言ってくれたら触らせるけどさ。その、なんというか、……あんまり、ああいう触られ方をすると、俺《おれ》も男だからよくないというか……真昼に好ましくない反応をする事になるので、気をつけてほしい」

今回はギリギリではあったが、もう少し触られ続けたらとてもまずい状況になっていた。

「ブランケットかけてくれようとしてくれたのはありがたいと思ってる。でも、次からは普通にかけてほしいというか」

「ご、ごめんなさい……」

「……楽しかった?」

へにゃりと座り込んで赤くなって震える真昼が可愛《かわい》すぎて、思わず聞いてしまう。

途端に真昼は体を揺らして、それから泣きそうな顔で周の腹にぽこりぽこりと両拳《こぶし》を押し付ける。

「……私が悪かったですけど、周くんは意地悪です」

そう呟いて立ち上がりブランケットと共に逃げていく真昼に、周は唇を結んで微妙なもどかしさを覚える体を落ち着かせるべく瞳を閉じた。

# 友達の恋模様を見守るのも大変です

真昼《まひる》の親友だと自負している千歳《ちとせ》は、その親友の恋がなかなか実らない事に非常にやきもきしていた。

それもこれもお互いに踏み込む事を避けているせいだろう。真昼も周《あまね》も、慎重なのは二人の性格上仕方ないのだが、どう考えても両想《おも》いだろうと傍《はた》から見ていて思うのに一向に進まないのでもどかしい。

「……こっちとこっちどちらが好みでしょうか」

アパレルショップで服を体に当てて悩む真昼に、千歳は何とも言えない気持ちで生温《なまぬる》い笑顔を浮かべた。

今日は夏物の服を新たに買いに来たというところで、何着か目ぼしいものを手に取った後、うんうんと悩み始めたのだ。

千歳からすれば大抵の服装は着こなす真昼はどちらも似合うし、着て街を歩けば行く先々で声をかけられる事は目に見えているくらいには様になると予想している。

それでも悩むのは、好きな人からの視線を考えているからだろう。

「あいつならどっちも可愛《かわい》いって言うと思うけどなあ」

周は真昼に対して非常に紳士的であるし、女性の容姿を褒める事自体はスムーズに出来る男だ。

この自分にも客観的に見た感想を伝えて褒めるくらいなので、恐らく真昼相手ならどちらを選んでも可愛いと褒めるのは見えている。千歳と真昼では熱の込め具合は全く違うだろうが。

千歳の言葉に、真昼は苦笑混じりの表情を浮かべて、手にしている服を見比べる。

「それはそうでしょうけど、折角なら、その、好みのものがいいなって。好みのものを着た方が、より好ましく映ると思いますから。……もっと可愛いって、思われたいですし。これは別に周くん基準で買いたいとかじゃなくて、自己満足ですから」

真昼の瞳《ひとみ》には、二着の服が映っているが、服というよりはその服を通して周の姿を見ているのだろう。

「……周くんは、おめかししたら可愛いって褒めてくれますけど……その、あまり自分の好みとか、言わないですから。私が好きなものを着るのが一番、とか言いますし。それはそうなんですけど、やっぱり周くんが好きなものを私も好きになれたら嬉《うれ》しいですし、周くんに可愛いって思われたら私が嬉しいですから。私は、私のために周くんの好みのもので着飾れたら、って」

愛《いと》しそうな、幸せそうな、甘い笑み。同性である千歳ですら思わず呆《ほう》けて見惚《みほ》れてしまいそうな程に、一切《いっさい》の欠点のない微笑《ほほえ》みは美しかった。

あんまりに綺麗《きれい》に笑うものだからショップの店員がぽかんとしたように真昼を見ているので、千歳は慌てて真昼を止めにかかるのだが、真昼は千歳の冷や汗など気付いていないのか、相変わらずのはにかみを浮かべている。

「勿論《もちろん》、いつもじゃないですよ？　二人でお出かけみたいな日に、いつもより可愛いって思ってもらいたいじゃないですか」

照れ臭そうに、けれどどこかほんのり誇らしそうに胸を張ってここには居ない周の姿を思い出すように視線を上向かせる真昼は、千歳が知るどの女の子よりも可愛くて、いじらしい。

「……可愛いって思ってもらいたくて、褒めてもらいたくて頑張るのは、浅ましいですかね」

「それが浅ましいって評する男が居るなら大半の女子からぶん殴られると思うけどね」

こんないじらしく可愛らしい様子で、好きな人の好みの服を探る女の子に対して文句言うのなら、千歳が黙っていない。

周はそういった女の子の努力は認めるし大切にして尊重するタイプなので安心しているが、ここまで想われているのに何故《なぜ》気付かないのか、という疑問も強く湧《わ》いてくる。

（私から言うのは駄目なのは分かってるけど、こう、こう……！）

こんなに好き好きと表現しながら悩んでいる姿を見たら一発で理解しそうなものだが、真昼はこういった裏の努力は見せたがらない。

周は、真昼が努力したり工夫して最高の装いをした後しか見られない。

（……でも、こうして頑張ってるまひるんを見られるのも、私の特権なんだよねえ）

周の知らない真昼の一面を知っている、というのは何だかむず痒《がゆ》く嬉しく、ちょっとだけ優越感があった。

「……よし、こっちに決めました」

今居ない周に羨《うらや》ましいだろう、と内心で自慢している間に、真昼は買う服を決めたらしい。

丁寧に購入しない方の服を棚に戻して、選んだマリンワンピースを手にレジに向かっている。

その後ろ姿を見ながら、千歳は「周も果報者だねえ」と小さく呟《つぶや》いた。


別のある日、真昼の家に向かっていると、見慣れた黒髪の青年が公園で膝《ひざ》に手を当てて立ち止まっているのが見えた。

大きく肩が上下しているのは、息を整えようとしているからだろう。服装もスポーツウェアで、恐らくジョギングをした直後だ。

そういえば前から体を鍛えるようになったと聞いていたし、ある意味千歳の幼馴染《おさななじみ》のような優太《ゆうた》にも教えを乞《こ》うていた事を思い出して、つい微笑ましくなってしまう。

「やあ奇遇だねえ」

通りかかって見つけてしまったのだから声をかけておかねば、と手を振りながら笑顔で近寄れば、トレーニング中らしき周に「げ、千歳」と非常に失礼な反応を返された。

「何そのやベーもんに出会った的な反応は」

「千歳が来るとからかいに来たんじゃないかと警戒するんだよ。つーか何でこっちに居るんだ、お前んちここの地区じゃないだろ」

「そりゃまひるんにお呼ばれしてますので～」

基本的に、家で遊ぶ時は真昼の家で遊ぶ事が多い。

真昼の部屋の方が千歳の自室より広いし、千歳の家は休みだと兄達が居て何かと接触を図ろうとしてきて煩《わずら》わしいので、真昼の家の方がよく選ばれる。

大学生だからと結構に自由な生活を送っている兄達だが、未《いま》だ女性の気配はないので、妹の友達の美少女というのはなかなかに魅力的に映るのだろう。

妹からすれば近寄るなこの子はきちんとした相手が居るんだよ、と罵《ののし》ってやりたい、というか実際に蹴《け》り飛ばしたのだが。

密《ひそ》かに真昼を毒牙《どくが》から守っている千歳は、当たり前だが何も知らない周に「うらやましいでしょー」とほんのり煽《あお》るように笑う。

周は千歳の声の調子にややむかっとしたのか、微妙に眉《まゆ》を寄せていたが、特にそれ以上顔を歪《ゆが》める事もなかった。

「あっそ。じゃあ待たせないうちに行ってやれ」

「やん、つれないねえ。ちゃんと約束より早めの時間についてますよー」

学校に遅刻しかける事はまああるが、友人との遊びはなるべく遅れないようにしているし、遅れた事はない。

今日も周と立ち話出来るくらいの余裕を持って行動しているので、少々話したところで遅れたりはしない。

ちゃんと考えてます、と主張するように胸を叩《たた》くと、微妙に呆《あき》れたような周が「学校は結構ギリギリなのにな」と余計な事を言っていた。とりあえずスルーしておいた。

「とにかく、私の事はいいんだけど、周はトレーニングしてた？」

「まあ。日課だから」

「日課にしてるのえらいねえ。前とは大違い」

「うっせ」

あまり好んで運動をしたがらなかった周は、春から変わった。恐らくではあるが、真昼の事を好きだと認めたからだろう。

正直言って前の周は陰鬱《いんうつ》とまではいかないが暗く物静かで他者とあまり関《かか》わりを持ちたがらない人であり、千歳も樹《いつき》に紹介されるまでは、積極的に親交を持とうとは思わないタイプだった。

それが、好きな人が出来て、変わった。

俯《うつむ》きがちだった彼がどんどん前を向くようになっていくのを近くで見ている側としては、

恋の力は偉大だな、と思わされる。

（変われるんだよねえ、人は）

前向きな気持ちで変わろうとする周を見ていると、昔の自分とは大違いだと思う。

（私の場合、どちらかと言えばネガティブな理由でポジティブに変わったからなー）

中学時代を思い出して微妙に渋い気持ちになったものの、それはおくびにも出さず照れ隠しにそっぽを向いている周に笑いかける。

「恋すると男女共に変わるもんだねえ」

「もしかしてからかう意味で笑ってる？」

「違いますぅ、そんなひねくれてませーん。ただ、あの見かけに無頓着《むとんちゃく》な周が肉体改造を始めるなんてねえ」

「……悪いかよ」

「ううん、いやなんというか、まひるんのためなら頑張れるタイプだよねえ。愛の力っていうか」

ぴたりと固まった周に、流石《さすが》にこれは言いすぎたか、と窺《うかが》うと、周は照れ隠しに怒るかと思えば静かな瞳で首を振った。

「……別に真昼のためじゃない。真昼の隣に立って見劣りする事を指さされて真昼が嫌な思いをする事に、俺《おれ》が耐えられないだけだよ。俺が自分を誇れるようになりたいだけ」

真昼のため、と言って押し付ける気はない。そう真《ま》っ直《す》ぐに伝えてくる周に、千歳は何だか安心してしまってつい笑ってしまった。

（何というか、似たもの同士なんだよねえ）

周と真昼、二人を知らない人から見た評価は真逆だろうが、よく知る千歳から見た二人は似たもの同士だった。

努力家で、誰《だれ》かのためじゃなく自分のためと責任を人に押し付けないで自分を磨く。隣に立ちたいという理由で相応《ふさわ》しくあろうとする。

千歳からしてみれば、周のその決意は素晴らしいものだと思う反面、少し枷《かせ》になっていないか心配だったが……進んで研鑽《けんさん》に励んでいるので、杞憂《きゆう》なのだろう。

（まあ、そのお陰で余計にじれったいのも事実なんだけど）

もっと自らを磨こうとしている周はまだまだ想いを伝える気がなさそうな事も分かっているので、いじらしくアピールする真昼に同情すればいいのか、惚《ほ》れ込《こ》んでいるのに更にアピールされて理性を盛大に揺さぶられる事が確定している周に同情すればいいのか。

何にせよ、まだまだ二人は素直にくっつきそうにはないので、見守っている側としてはもどかしい。

とりあえず、応援の意味も込めて周の背中をぱしぱしと叩いておいた。

何だよ、といった眼差《まなざ》しで睨《にら》んでくる周にはへらりと笑い返しておく。

「何か文句あるのか」

「うんにゃ、やっぱ周はそういう所真面目《まじめ》だし真摯《しんし》だよねえと思って。ちなみに周はまひるんのどこが好きなの？」

「はっ⁉」

気になっていた事をついでに聞くと、周は目をまんまるく見開いて口をはくはくと動かして驚愕《きょうがく》の表情を浮かべている。

思ったより驚かれた。今までこういった直接的に聞くのはなるべく避けてきたのだが、ちゃんと自分の気持ちを認めて前向きになった彼になら、聞いてもいいだろうと問いかけたのだが。

周もまさか急に聞かれるとは思ってなかったんだろうな、と思いつつへらりと笑って、手を振る。

「別にまひるんに言う訳じゃないよ。そんな野暮《やぼ》な事はするつもりないし。割と周って硬派っていうか人嫌い……というか警戒心高いからさあ、どこが好きになったのかなって」

「……お前に言う必要があるのか」

「まあそれはないけどね。ただ気になったの。みんながまひるんを好きになるけど、周は多分そういう理由じゃないよなあって。二人の友達だからこそ気になったというか」

真昼は、可愛い。男子からも人気だし、同性である千歳から見ても仕草容姿性格全《すべ》て可愛いと言い切れる。

学校の生徒から聞く真昼の好きな所は、やはり文武両道で誰にでも穏やかで優しくて分け隔てなく接してくれる天使のような、理想的な女の子だから、という理由が多い。

真昼をよく知る千歳から見た真昼と、よく知らない男子達から見た真昼は、少し印象が違う。

それなら、千歳よりももっと真昼を知る周から見たら、真昼はどういう女の子でどこが好きになったのか、それぞれ違う筈《はず》なのだ。

今回はからかい抜きで周を見ると、周は眉を寄せて困ったような顔をした後、少し悩むように視線を落とした。

「……どこ、と言われると……難しいというか。全部ひっくるめて、好き、なんだと思う」

少し考えた後に出した答えは、ある意味で予想通りのものだった。

「……周りが思うより、真昼は完璧《かんぺき》じゃない。控え目に見えて結構強《したた》かな所はあるし、ちょっと毒舌な時はあるし、物事の評価は遠慮も容赦もなくばっさりするし、よく分からないタイミングで拗《す》ねたり不貞腐《ふてくさ》れたり挙げ句頭突きしたりぽこぽこ殴ってくるし、結構油断して居眠りするし、怖い夢を見て怯《おび》えたりもする。……側で見てたら分かるけど、普通の女の子なんだよ」

小さく、ぽつぽつと口にする周の表情は、どこまでも優しい。きっと、真昼の事を思い出しながら呟いているからだろう。

「……あいつの事を千歳がどこまで聞いてるのかは、知らないけどさ。いつも笑って包み隠しているけど、本質的には、寂《さび》しがり屋でそのくせ他人に手を伸ばす事に臆病《おくびょう》なんだと思う。

頼ればいいのに、どう頼っていいか、どこまで頼っていいか分からずに一人で小さくなって耐えるタイプなんだ。強がりって言ってもいい」

それは、千歳でもなんとなく分かった。

真昼が本当に辛《つら》い事は、千歳には頼らない。何か嫌な事があっても表に出さないように飲み込もうとしているのを、見た事がある。

「初めて、頼って甘えてくれた時に、大切にしたいし側《そば》に居たいって思った。守ってやりたい、とは、多分違う。そりゃ受ける必要のない理不尽な苦しみからは守ってやりたいと思うけど。どう言ったらいいんだ。……俺は、強がりで人に頼る事が不器用で、臆病で寂しがりな真昼の側に寄り添いたいと思った」

静かな口調で言葉を紡《つむ》ぐ周は、ここには居ない一人の女の子の事を本当に大切に思っているように瞳を伏せている。

「……笑ってほしいし、側で支えたい。辛い事があっても隣で支えてやりたい。一緒に、乗り越えたいと思った。真昼が泣きたい時は、受け止めて一緒に苦しみを背負いたいと思った」

そこで顔を上げて、穏やかだが確かな意思をはっきりと宿した瞳を見せた周を、千歳も真っ直ぐに見つめる。

「どこが好き、の問いは、やっぱり全部だよ。全部、強い所も弱い所も、全て愛《いと》おしいと思った。……これが理由だよ、悪いか」

最後まで言って気恥ずかしくなったのか頰《ほお》をうっすらと赤くしてそっぽを向く周に、千歳の唇は自然と緩《ゆる》やかな弧を描いていた。

(そりゃあ、まひるんも惚《ほ》れ込むよねえ)

ここまで尊重して大切にしてくれる男の子なのだ。それを感じ取ったからこそ、真昼はあんなにも好きになって側に居ようと思うのだろう。

お互いに惚れるべくして惚れた、という感想をいだきながら、千歳は、後から赤みを強めている頰をどうにかしようと側にあった水道の蛇口をひねって水を出している周の側に近寄る。

「ねえ周」

乱暴な仕草で汗を流す振りをしながら顔を冷やしている周に声をかけると、まだ抜けきらない羞恥《しゅうち》のせいか赤い顔でこちらを睨んできた。

「何だよ、クサイとか言うなよ」

「やだなーそんな失礼な事は言わないよ。ただ、うん。私は周と友達でよかったなって」

「……急に何だよ恥ずかしいな」

「ふふ、思っただけー」

とりあえず、伝えておこうと思ったのだ。

千歳自らが変わって、色んな人と友人になってからたくさんの人間を見てきたが、周は今まで様々な人柄を見てきた中でも、出会って良かったと純粋に思える。一番は樹だという事は譲らないが、二番目、三番目くらいには名前が挙がるのではないだろうか。

（ほんと、素直に今のをまひるんに伝えたら話は早いんだけど）

今の、熱烈な愛の気持ちを聞いた千歳も頬が熱くなるくらいだ。本人が聞いたら真っ赤《か》になって倒れそうだと心配になるくらいには、周は真剣で揺るぎない感情を真昼に向けていた。

やはり結局じれったいな、という結論に至ってしまって自分で笑ってしまう千歳に訝《いぶか》るような眼差しが向けられるのだが、千歳は気にせず上機嫌に喉《のど》を鳴らして周の背中を軽く叩く。

頑張れ、と、早く伝えろ、どちらの意味も込めて。

「じゃあそろそろ行くね。あ、そうだ。晩ご飯はあんまりお腹《なか》に詰めない方がいいよ、デザートあるから」

今から真昼の家にお菓子を作りに行くのだ、きっと夕食後に提供される事だろう。

お菓子を作るどころか真昼の家までたどり着いていないというのに既にちょっぴり胸焼けを覚えてしまっている千歳は、訳の分かってなさそうな周にもう一度笑って颯爽《さっそう》とその場を立ち去った。

「あー、これだから二人は」

余計な口出ししないように友人の恋模様を見守るのも大変なものだな、としみじみ思いながら、千歳は上機嫌に真昼の家に向かった。

# 天使様にも苦手な事はある

周《あまね》は、どちらかといえば暇な人間だ。

というのも、他の生徒と違って部活動をしている訳でもなく、バイトをしている訳でもない。その上一人暮らしでも真昼《まひる》と一緒に夕食を共にしているので家事の手間は減っている。

勿論《もちろん》その分勉強を欠かした事はないし、家事も真昼に教えてもらってから過不足なく、とはいかないが平均的に出来るようになったし自宅の管理はきっちりしている。自己改造も兼ねてトレーニングも毎日行っている。

なので実家住まいで帰宅部をしている生徒よりはやる事はあれど、周もどちらかといえば暇な人間だ。親にあれこれ指示されないという点では、親元に居る生徒よりも自由度が高いと言えた。

本日の周も、時間に余裕を持って過ごしていた。

課題はきっちり終わらせて寝起きに筋トレし、ジョギングついでの買い出しも午前中に済ませた。

掃除も日頃《ひごろ》からこまめにするようになったので、休みといえど大掛かりなものをする必要がなく、定期的な手入れをこなして綺麗《きれい》にしたところでおしまい。

午後三時にはもうのんびり出来る状態にまで持っていったので、周はこれ幸いと気分よくゲームをする事にした。

テレビゲームなのでゆったりプレイするためにもローテーブルを退《ど》けて、先日チリゴミ毛玉等取り除いて洗ったふかふかのラグに座って、テレビの前に陣取る。

(久々にするなあこれ)

起動したのは、可愛《かわい》いパステルピンクの、球体に近い体軀《たいく》のキャラクターを動かしてステージを進んでいく横スクロールアクションゲームだ。

数年前に発売されたゲームであり、幾度となくクリアしているものだ。それでも飽きずに毎回プレイするのは、ゲーム性そのものが楽しいからだろう。

周があまりシナリオを楽しむようなゲームを繰り返ししないのは、一度クリアしたら満足してしまうからだ。精々二周が限度。二周目でやりこみ要素をほぼやり尽くして、後は気が向いた時にプレイする、くらいだ。

何だかんだこういった直観的に操作するアクションゲームが飽きずに楽しめるんだよな、としみじみしながら流れてくる軽快なメロディーとポップな絵柄を楽しんでいると、隣に真昼がちょこんと座ってきた。

最近土日の片方は間違いなく周宅で過ごしている真昼は、今日も二人のお昼ご飯を作った後こちらに居た。

一緒に居るからといって常に互いを意識する訳でもないし、それぞれ違う事をして過ごしているので、周がゲームをしても普段なら真昼は自分なりに過ごしていたのだが……今日は、気になったらしい。

クッションを持ってきて隣に腰を下ろした真昼は、テレビの画面を見ている。

「これ、楽しいですか？」

「そりゃ楽しくなければやらないよなあ」

「それはそうなんですけどね。可愛いキャラクターが動いてるからつい気になって」

このゲームの操作キャラクターはとても可愛らしいので、可愛いもの好きな真昼が目を引かれたというのには納得が出来る。

「真昼はこういうの好きだよな。まあこのキャラ人気が高いしグッズ化もよくされてるから、好かれやすい造形だとは思ってるけど」

「だって、すごくつぶらな瞳《ひとみ》にもちもちで可愛いです」

「まあ可愛いのは分かる。ただ、やってる事は悪魔のような事だけどな。割と残酷というか。普通に敵倒すより手法に慈悲がない」

「ええ……？」

周は敢《あ》えて不用意に攻撃しないという縛りをつけてプレイしているので、真昼から見れば可愛いキャラクターが動いたりふよふよと飛んで敵モブをかわしているだけに見えるだろう。

このキャラクターの特徴とも言える攻撃方法を解禁すると、可愛いだけでは済まなくなったりする。

相手を文字通り物理的に取り込み力を奪い、それを利用して倒す。

取り込んだものは元の形には戻らず、他に優秀な能力の持ち主がいれば取り替えっこ。捨てた能力はエネルギーの塊として体外に排出され、やがてどこかに消える。

ゲームの絵面《えづら》的には表面上は可愛いのだが、よくよく考えれば恐ろしいものである。文字で説明すれば、普通に武器で倒す方がまだ可愛いと思えるのだ。

「真昼は割と可愛いものに弱いよなあ」

「……悪いですか」

「いや、そういう所が可愛いよな、と」

「……ばかにされてる気がします」

そういうつもりはなかったのだがそう受け取ったのか、真昼は微妙に薄紅の唇を隆起させて不満を表現している。

そういう所がまた可愛いんだよな、とは思ったものの、次はぺちぺちはたかれる気がしたので今度は言わずにのみ込み、そのままゲームを再開する。

ぽよぽよと可愛い体軀のキャラクターが浮かんで敵のすき間をすり抜けていくのをほんのり

興奮したように見つめる真昼に、周も自然と笑みが浮かんだ。

「気になるならやってみるか？」

案外好奇心旺盛な真昼の事だ、興味を惹《ひ》かれたならやりたくなったのではないか、という予想で声をかけてみると、どこかおずおずといった様子で「いいんですか？」と小さく呟《つぶや》く。

「嫌なら最初から言わないし、俺《おれ》は見てるだけでも楽しいタイプだから」

「……じゃあチャレンジしてみます」

好奇心が遠慮に打ち勝ったらしく、少し躊躇《ためら》いながらも真昼は周の差し出したコントローラーを受け取る。

とりあえずチュートリアルという事で最初のステージを選ばせ、ボタン操作やキャラクターの特性を掻《か》い摘《つま》んで説明し、後は自由だと真昼に託した、のだが。

すぐに、むうう、と声に出しそうな顔をした真昼が生まれた。

前にレースゲームをプレイさせた時にも感じた事なのだが、真昼は非常にゲームが、言ってしまえば下手《へた》である。

全く上達しないという訳ではないのだが、その上達のステップを踏むのに多大な時間がかかるタイプで、要領もいいし学習能力もあるのに何故《なぜ》かそれがプレイに反映されていないのだ。

大体どのゲームも初見で割とこなせる周としては、真昼の事がとても不思議な生き物に見えてくる。

「むしろどうやったらここまで死ぬのか分からないんだが」

「私にも分かりませんっ」

「真昼はなあ、動体視力はいい筈《はず》なんだが……」

「ううう」

「もうこれは慣れだと思うぞ？　別に出来なくても困りはしないし」

周にとってゲームはあくまで娯楽であり、楽しめるのが一番、楽しむためにある。

プレイする事は義務ではないしこなせないと問題があるものでもない。出来ないからといって責められるものではないし、周も責めるつもりなど一切《いっさい》なかった。

だというのに、真昼は瞳を細めてゲーム画面を僅《わず》かに睨《にら》みつけている。

「……出来ないの、悔しいじゃないですか」

ぽつりとこぼした言葉は、真昼の言葉通り、悔しげで。

「こういう所は負けず嫌いだなあ。それなら、ほら頑張って」

やりたいという気持ちがあるなら、それを遮《さえぎ》る事はしてはならない。

長時間やり続けたなら止めただろうが、精々一時間。

時間に余裕もあるし、まだ遊びたいと言うなら真昼のやる気に任せた方が、出来なかったとしても不要な禍根《かこん》は残らないだろう。

ふんす、とやる気も新たにコントローラーを握った真昼だったが、ちらり、とこちらを何か訴えるように見てくる。

「……周くんが手取り足取り教えて下さい」

「いいぞ」

とりあえず出来る人にやり方をみっちり教えてもらうのがいい、と判断したらしい真昼は、改めて周に教えを乞《こ》うので、周も快諾した。

……それが安請け合いだった、という事を知ったのは、真昼が立ち上がってゆるくあぐらをかいた周の足の間に座り直した時だった。

あまりに唐突で固まった周に構わず、真昼はちょこんと三角座りして器用に周の足を避けて自分の居場所を作っていた。

「何で？」

「操作法のコツを覚えるなら実際に動かしてもらった方が効率がいいと思って。隣だとやりにくいから、こうするしかないでしょう」

確かに手取り足取り教えてもらうなら操作を教えられる側としては近い方がいいよな、と納得しかけて、冷静な自分がどう考えてもこっちの方が問題あるし精神的にやりにくいのでは、とツッコミを入れてくる。

非常に、距離が近い。抱き締めた事も抱き締められた事もあるが、これはそういうのとはまた違う近さを感じた。

今は後ろに体を傾けて手をついているので体は触れ合っていないが、少し体を前に傾ければ胴体が触れ合うし、真昼の後頭部に顔が微妙にぶつかるだろう。

真昼の持つコントローラーに手を添えれば、真昼を後ろから包み込む体勢になってしまう。

「……いやそれはどうかと」

「それで、どうするんですか？」

（あっ聞く気ないなこいつ）

敢えて周のツッコミをスルーしている真昼に額を押さえて頭痛がしないか心配するが、今は頭痛より心臓の方の痛みを心配するべきかもしれない。

何故休日の楽しいゲーム時間が、こんな嬉《うれ》しいような苦しいような拷問《ごうもん》時間に様変わりしているのか。

自分の欲求に素直になってこれ幸いと真昼を抱き締められたなら恐らく幸せな時間だろうが、理性と常識がそれにストップをかけているので、これ目の前に美味《おい》しい餌《えさ》がぶら下げられた状態で待機させられる新手の嫌がらせである。

それでも嫌と言い切れないのは、幾《いく》ら他意はないとはいえ真昼の方から甘えて頼ってきている状況だからだろう。周を信頼して、ここに収まってくれた。

つまり、周が我慢すればいい話なのだ。

「聞いてます？」

「聞いていますよお嬢様」

もうなるようになれ、と破れかぶれ気味なのは許してほしい。

急《せ》かすような真昼の声に、周は一度自分の理性に不備はないかしっかりと確認してから、そっとコントローラーを持つ真昼の手に自分の掌《てのひら》を重ねた。

ふんわりと漂う甘くて、どこか爽《さわ》やかさも感じる真昼の香りに一瞬理性がぐらりと揺らぎながらも、何とか抱き締めたい衝動を抑えて体に隙間《すきま》を空けつつ包み込んだ。

その涙ぐましいと言っても差し支えないだろうという努力は、真昼がぽすっと体を預けてきた事によって台無しになるのだが。

「さっきから同じ所でゲームオーバーしちゃうんですけど、どうしたらいいですか」

「……ドウシタライインデショウネー」

「何で片言」

誰《だれ》のせいだ、と突っ込みたくなる気持ちを堪《こら》えて、周に身を委《ゆだ》ねている真昼を見下ろす。

小さな体は簡単に周の腕の中に収まって、まるでここに居るのが当たり前のように居る。距離感がやばい、と思っても真昼は気にしていないので、周だけが意識しているようだ。

(……男として見られていないんじゃないか)

大真面目《まじめ》にそう考えつつ、頼ってきてくれた真昼の期待に応《こた》えるべく不埒《ふらち》な考えは外に放り捨てて、意識しないように真昼の手を伝ってゲームを指示する。

これは近所の子供、と言い聞かせて、一生懸命ゲームを操作する真昼の動きをサポートする事にした。

「真昼は動きを見てから動くからなあ。こいつらプログラミングされた動きしかしないから、その一定の動きを読めればこっちのもんだぞ」

「読めないから困ってるんですけど」

「慣れだ慣れ。ほらやってみろ」

「……何で今のゲームオーバーなんですか。当たってないです」

「残念ながら当たりました、俺見てたし」

「……ちゃんと避《さ》けましたもん」

「拗《す》ねるな拗ねるな。ほらステージ最初からやり直せるから」

慣れてくると意識より真昼の拙《つたな》さによる微笑《ほほえ》ましさの方が勝ってきたので、ひっそりと安堵《あんど》しつつ真昼に実演するように敵の倒し方を見せる。

「ほら……出来ただろ？　そうそう、上手だ。よく出来ました」

真昼は反復練習は苦でもないらしく、何度も繰り返し練習すれば出来るようになってくるので、成功した時はしっかり褒める。

あまり大きな声は近くに居るとうるさいだろうからと優しく囁《ささや》くように告げると、真昼が小さく「……うぅ」と呻《うめ》いた。

「真昼？」

「い、いえ。えーと、……その、中々、う、うまく行かないなあ、と」

若干しどろもどろになっているのは怪しいのだが、別に言っている事がおかしい訳ではないのでそんなもんかと流しておく。

「まあこういうのって慣れだと思うし、練習あるのみなんだよなあ。嫌ならやめて、」

「嫌じゃないです！」

「お、おう、そうか？　それならいいんだが」

急に声を荒らげた真昼にたじろいだ周だったが、困惑する周より何故か真昼の方が困惑しているらしく、項垂《うなだ》れていた。

「……今自分の迂闊《うかつ》さと浅ましさを恥じています」

「ゲームくらいでそんな凹《へこ》まなくても」

「そうじゃないですけどそうでいいです」

「ええ……？」

結局どういう事なのか分からず首を捻《ひね》るしかないのだが、真昼は周の疑問に答える気はないようで、俯《うつむ》いて膝《ひざ》を抱える。

「……その、周くんは、こういう風に、教えるの……や、じゃないですか」

ややあって、小さく問いかけが生まれた。

「嫌ではないよ。ただまあ、ちょっと、近いというか……真昼の方が嫌になったりしないかな、とは思う」

「どうして私からしたのに嫌になるんですか」

「そりゃその。……危ないだろ？　変な所触るかもしれないぞ？」

今の体勢なら抱きすくめる事は簡単に出来るし、手をあらぬ場所に滑り込ませる事もしようと思えば出来る。

周としても嫌われたくないしそういうのは好きな人同士がするものだと思っているので、手を出す気は微塵《みじん》もないが、その気がない事と警戒するしないは別問題だ。

やはり、真昼は周に対して警戒心が薄すぎる。

「……しちゃうのですか？」

周の言葉に、真昼が寄りかかって見上げてくる。

澄んだカラメル色の瞳がいたずらめいた輝きを秘めている。いつもより血色がよさそうな頰《ほお》は、口元とともに緩《ゆる》んでいた。

そのからかうような表情に、周はわざと顔を顰《しか》めて柔らかそうな頰を摑《つか》んだ。

「しません」

「うひゃっ」

幾ら冗談だとはいえ言ってもいい事と悪い事がある、と真昼の頰をうにうにと摘《つま》んで伸ばしておもちをこねておくと、上擦《うわず》った、どこか間の抜けた声が聞こえてきた。

その色気のなさに心底安心した周は、どくどくと強く脈打っている心臓を落ち着かせるべくゆっくり深い呼吸を繰り返す。

（……心臓に悪い）

間違いなくからかうつもりだったのだろう。

人を動揺させるのが上手《うま》いものだ、とやわい頰を弄《もてあそ》びながらため息をついた周に、真昼は腕の中で「いつまでするんれすか、もうっ」とやはりふにゃふにゃとした声で文句の声を上げた。

その後気を取り直してゲームをしたが、二時間続けてやった結果として、真昼にはアクション要素のあるゲームは向いていない、という結論が導き出されたのは、言うまでもない。

# お泊まりと昔話

「まひるんってさあ、肌綺麗《きれい》だよね」

ちゃぷん、と肌が水と触れ合って弾《はじ》けるように音を鳴らしたのをぼんやりと聞いていると、正面に浸《つ》かっていた千歳《ちとせ》はしみじみと呟《つぶや》いた。

一人で入れば広々とした浴槽《よくそう》は、二人で入ると些《いささ》か狭さを感じる。

ただ、その狭さも居心地がいいと思うくらいには、真昼《まひる》も千歳の存在を当たり前に感じるようになった。

休みに泊まりに来た千歳が一緒に風呂《ふろ》に入りたがったので拒むものでもないし許容したのだが、同性とはいえあまり見られる事は本来気持ちがいいものでもない。

不快に思わなかったのは、相手が千歳だからと混じり気のない称賛を伝えてきたからだろう。

「ありがとうございます。そう見えていたなら努力の甲斐《かい》があったと言えますね」

ここで謙遜《けんそん》する事もないので素直に頷《うなず》く。

真昼は自分を高い水準に保つためなら努力を厭《いと》わないタイプの人間で、勿論《もちろん》肌の手入れもきっちりとしていた。

衣服はなるべく手触りがよく肌に優しい素材のものを身にまとい、美しい体は内側から、とご飯は栄養バランスに気を使い睡眠時間も多く確保し、乾燥にも日焼けにも気を使って紫外線に無防備な姿を晒《さら》さないように気を付けて。

常に清潔であるように心がけ、お風呂では洗い過ぎて皮膚を痛めないように優しく丁寧に洗ってから、風呂上がりは化粧水とクリーム、オイルで水分をたっぷり保持させて保湿する。

ここまでして漸《ようや》く、手触りの良いもちもちすべすべの肌は保てるのだ。

若いからと年齢にあぐらをかいていてはならない、美は作れるが継続して努力しないと儚《はかな》く崩れるもの、というのはハウスキーパーであった小雪《こゆき》の教えだ。

努力をしているのを自覚しているので称賛も当然に受け取る真昼は、千歳の視線が顔やお湯から露出しているデコルテ、そしてお湯の中にある部分にまで及《およ》んでいる事にはくすぐったさを覚えるだけで咎《とが》めるつもりはなかった。

凝視されたら、流石《さすが》に嫌ではあるが。

「……滑《なめ》らかだしすっごく白い。私はちょっと日焼けしちゃってるからなあ。羨《うらや》ましい」

「そうでもないと思いますけどね。確かに私より外で活動する分色付いていますけど、健康的で映《は》える色だと思いますよ。私はこれ以上いくと白いじゃなくて青白いになりかねないので」

千歳は実に健康的な血色のいい白さといえばいいのか、真昼のようなひたすらに日焼けを徹底的に避けた血管が透けそうな白さではない。

真昼は日焼けすると赤くなって治るまで地獄を味わうから気を付けているというのもあるので、千歳のような肌は実はひそかに羨ましさを覚える。

真昼の事を綺麗だ、と言ってくれるが、真昼からすれば千歳の無駄のないしなやかな体つきも綺麗だと思う。

脂肪がつきにくいというのは本人の談で、千歳も運動しているのは分かっているがそれでもよく食べてもカロリーを気にしないのは同じ女としては憧《あこが》れの体質だ。

「ないものねだりなのは自覚してるんだけど、もうほんとまひるんが羨ましいんだよねえ。勿論努力やばそうってのは前提の上なんだけどさ。元々の肌の色とか胸とかは私の努力じゃ覆《くつがえ》しようがないものがあるんだよね」

何しても大きくならない、と悲壮感たっぷりに言われては真昼も眉《まゆ》を下げる事しか出来ない。

遺伝的なものがあるのでそのあたりは真昼も流石に口出しするべきではないし、自分の体型を理解しているので嫌味になりかねないだろう。

湯の中だからかいつもより少し軽く感じる気がしてならない膨らみを軽く押さえて、そっと吐息を湯に落とす。

別に胸に至っては努力したというよりは勝手に成長した側の人間なので、あまりとやかくは言えない。

むしろ思春期に入ってから下着のサイズ調整に困ったたし、小中と続けて不躾《ぶしつけ》な眼差《まなざ》しで見られて不快になった事があるくらいだ。

千歳が求めるような情報にも参考にもならない。

「いっくんがよく馬鹿《ばか》にしてくるからほんともう。栄養とっても揉《も》まれても大きくならないんだからどうしろと。これ以上寄せられるものもないしむしろこれはいっくんが悪いのでは」

「そういう事はあまり言うべきものではないのでは⁉」

「別にまひるんと二人きりだからノープロブレムノープロブレム。……まひるん、男は大概大きい方が好きだから安心していいよ」

「安心する情報ではありませんし、周《あまね》くんは大きいのが好きとは限らないでしょう！」

「別に周がどうとは言ってないんだけどなー」

「っ」

「分かった分かった、あひるさんの大軍に襲わせるのはやめてー」

にんまりとした笑みの千歳に八つ当たりのように湯船に浮かぶあひる達を進軍させれば、千歳の楽しそうな笑みがより深くなる。

全くもう、とジト目で見やるものの、その笑みが落ち着く事はなかった。

「やっぱり好きな男の子の好みには敏感だねえ」

「……周くんは体つきは気にしないタイプだと思います」

「うん、まあ周は多分好きになったら体型気にしないと思うけど、それはそれとして大きい方がお得説があるのではないかと。まひるんなら心配ないとは思ってるけどね」

「……周くんはそんなにすけべじゃないです」

「それはまひるんの幻想だと思ってるけどねえ。周も……一応、一応男なんだから」

「認識ひどくないですか」

「日頃《ひごろ》の行いだね」

日頃の行いというならむしろ紳士的で真昼からすれば理想的と言っていいのだが、この話題に限ってはそれが理想ともならない、のかもしれない。

駄目押しするように一応が二回ついた男という称号を千歳から与えられた周は、確かに真昼から見ても割と心配になるレベルなのだが、そういう所も好きなのであまり不満に思う訳ではない。

たまに、自分に魅力がないのか、とか心配になってしまう事もあるが。

「……まあ、胸云々《うんぬん》はさておき」

「千歳さんが話しだしたのですけど」

「まあまあ。そんで、やっぱりまひるんはきれいだなーって思う訳ですよ。たまご肌って言ったらいいのか。すべすべもちもちうるうるつやつやぷるるんでいいなーって」

「それたまごというかゼリーみたいな物質になってません？」

「最早ゼリーでは？　めちゃくちゃ滑らかなんだよねえ……これ保湿何でしてるの？」

「普通に化粧水とクリームとオイルですけど。千歳さんもよければ試してみますか？　お肌に合うかは分からないのですけど」

真昼はスキンケアグッズにはしっかりとお金をかけるタイプだが、どれだけいいものでも人によって合う合わないは出てくる。

体質にもよるものなので一概に真昼が使うものが千歳にも合うとは限らないが、試してみてそこから千歳が選べばいいだろう。

「いいの？　エステサロンまひるん開業？」

「そんな大した事ないですよ。体に塗りたくってマッサージする程度ですし、ご自分でしてもらいますよ。私に体ベタベタ触られるのも嫌でしょうし」

「えー、別に私はまひるんに触るのも触られるのもいいのにぃ。むしろ触りたい」

「……どこ触るつもりですか」

視線が胴体の方に移動したのでさっと両腕で隠したが、千歳はへらりと笑って「冗談冗談」と手を振った。

「やっぱり触るなら周がだよねえ」

「……千歳さん」

「ふふ、そんな真《ま》っ赤《か》な顔だと怖くないでーす。むしろ可愛《かわい》いっていうか……分かったから睨《にら》んじゃやーよ」

「一体誰《だれ》のせいだと」

「まあまあ。……しかしまあ、周はこんなのにくっつかれて表に出さないでそっと引き剝《は》がすとかある意味すごいよね」

「わざとくっついてる訳じゃないのですけど」

「うん、まひるん普通に天然小悪魔だなって思いながら見てる」

「天然でもないです」

「うんうん、そうだねえ」

生暖かい笑みと眼差しが真昼の心に突き刺さるので、真昼としては反論したいのだが千歳は聞き入れそうにもなかった。

む、と顔を不満げなものにしても、その笑みは増すばかり。

どうにも、千歳には上手《うま》く立ち回れないので、真昼は隠す事なく大きなため息をついた。

「まあ周は押さないと動かないからまひるんが押せ押せで正解だと思うけどね。向こうが狼《おおかみ》になるまで押した方が結果的に幸せになると思うけど」

あまりこうして千歳に色々と言われると洒落《しゃれ》にならないくらいに火照《ほて》ってくるのでそろそろあがるつもりで立ち上がった際に、千歳はからかうでもなく穏やかな声をかけてくる。

（あの周くんが狼はないと思いますけど）

確かに、周は狼のような人だとは思っているが、千歳が思う狼とは違う。

群れの仲間思いで番《つがい》を大切にする、一途《いちず》な生き物。

懐《ふところ》に入れたらとことん優しくて思いやりのある人、それが真昼の周に対する印象だ。

願わくばその番の場所に自分が居られたらいいな、と思いながら、用意していた化粧水を取り出して掌《てのひら》に馴染《なじ》ませ、体に滑らせる。

お風呂上がり、というより脱衣所に出る前、タオルで拭き取る前のたっぷり水分を含んだ肌に水分を閉じ込める作業がスキンケアなので、入念に塗っていく。

「……仮に千歳さんの言う狼になっても、周くんは多分後で土下座するタイプだと思いますけど」

「あはは、それは違いない。責任は取ってくれるよ」

「……なし崩し的に、は私が理想とするものではないので、あんまり嬉《うれ》しくないです」

「あんまりって事は、食べられてもちょっとは嬉しいって事？」

「スキンケアグッズ貸しませんよ」

「ごめんごめーん」

ほんのり尖《とが》った声を釘《くぎ》をさすように千歳に向ければ、へにゃりと笑った千歳も浴槽から上がってくるので、真昼は再びため息をついて千歳に化粧水のボトルを手渡した。

しっかりとスキンケアとヘアケアをしてから寝間着に着替えた真昼と千歳は、ようやく寝室で寛《くつろ》げるようになった。

お風呂で寛げなかったのは若干千歳の物言いが明け透けで落ち着かなかったせいなのだが、千歳は真昼の微妙な精神的な疲弊には気付いていないのか敢《あ》えて気にしていないのか「いつもよりお肌すべすベー」とにこにこだ。

グレーのパーカーと同色のショートパンツという寝間着の千歳は、あぐらをかいてご機嫌そうにショートパンツから覗《のぞ》く足を触っていた。

「やー今日の私は百二十点ですよ」

「それはよかった。姿勢を正したらプラス十点くらいあると思いますけど」

「やん手厳しい。まひるんはこういう体勢しないもんね」

「私がしたら普通に下着見えるでしょう」

千歳はショートパンツタイプであるが、真昼は長袖《ながそで》に足首まで丈があるネグリジェだ。幾《いく》らひらひらしていてスペースに余裕があるとはいえ、あぐらをかくには足りないし、するならたくし上げないといけないので、はしたないにも程がある。

絶対にしない、と正座を少し崩した座り方をする真昼に、千歳は感心したような眼差しを向けてきた。

「まひるんはそういうパジャマ多いよねえ。私はそういうの可愛いけどお兄ちゃんにキャラじゃねえ似合わないって笑われるんだよね」

「デリカシーのない方の言う事なんて耳を素通りさせればいいと思いますし、言わせておけばいいのではないですか？」

「おおう辛辣《しんらつ》だ。まひるんはうちのお兄ちゃんに厳しいよね。まあお兄ちゃんが周の事馬鹿にしてたから嫌になってるのは分かるんだけど」

千歳は向こうに悪気はないし可愛がられてはいるんだけどねえ、と苦笑いであるが、真昼としては思い出してあまりいい気持ちにはならない。以前千歳の家に遊びに行った際、彼女の兄が千歳のことも周のことも悪し様に言っているのを聞いているため、どうしても真昼は千歳の兄を好きになれなかった。

真昼にとって大切な友人を二人も馬鹿にしていたのだから、好きになれという方が無理なのだ。

上辺《うわべ》だけを知ったらしい周の事を馬鹿にしたのは真昼の内心はどうあれスルーするつもりであるが、千歳に対するものは別だ。

千歳の兄が、千歳に向けるデリカシーのない言葉は家族だからなのだろうが、それでも言っていい事と悪い事はある。千歳は慣れていると笑っているが、千歳も傷ついていない訳ではない。

それを見誤るような人間に好意を抱けというのが無理な話だ。

「……私が嫌になったのは、どちらかといえば千歳さんの扱いの方ですよ？　あの後千歳さんの事も笑ってたので」

「えっ。……まあ一応擁護《ようご》しておくけど、私はお兄ちゃんの事好きだしいい所もあるからね？ただ、まあまあ考えなしで口を滑らせて要らん事言って後から後悔するタイプだけど。まひるん帰った後一人反省会してたよ？」

「そうだとしても、やっぱり千歳さんが悲しそうにしたので駄目です。お兄様は目が節穴だと思います。千歳さんは可愛いです。誰が何と言おうと。私が保証します」

そこは譲れない、と真っ直《す》ぐに千歳を見つめて断言すると、千歳は困ったような、それでいて嬉しそうな、顔を歪《ゆが》めるような笑みを浮かべた。

「……私もこういうひらひらした可愛いの、ありだと思う？」

「似合うと思いますよ。たまには私が千歳さんをコーディネートさせてくださいね。赤澤《あかざわ》さんの度肝を抜きましょう」

「そっかー。いっくんの度肝抜けるといいなあ」

力が抜けたように笑う千歳はとても可愛らしくて、やはり千歳兄の評価は間違っているな、と確信させるものだった。

千歳は緩《ゆる》い笑みで真昼に抱き着いてくるので、全くもうと言いつつも自分でも笑っているのを自覚しながら好きにさせる。

「まひるんまひるん、今度一緒にお揃《そろ》いのパジャマ買いに行こー」

「いいですよ」

それくらいお安い御用です、と快諾した真昼に、千歳は笑みの形を変えた。

もういつも通りの明るい笑顔で真昼も安堵《あんど》したのだが、その笑みを見ていると何故《なぜ》だか嫌な予感がした。

「よっしゃ承諾してもらったからまひるんにすけすけのネグリジェ着させよう」

「ちょっと⁉ お揃いならそれ千歳さんも着るんですよ⁉」

「え、いいよ。勿論私はいっくんの前でしか身に着けないけど」

まひるんはどうする？ とにんまりした笑みを向けられて、思わず真昼は千歳の太腿《ふともも》をぺちぺちと叩《たた》いておいた。

くっついているので無理に引き剝《は》がす事も出来ずこうするしかないのだが、千歳が意に介した様子はない。

「まひるんは似合うと思うけどなあ。清楚《せいそ》系小悪魔風になると思う」

「矛盾してません？」

「それ矛盾ならまひるんの存在が矛盾になっちゃうから」

「私の事を何だと」

「可愛い可愛いまひるんですよ？」

「……もう」

可愛いと言っていたら許されると思ってそうな千歳にもう一度太腿をぺちっと叩いて、周の前で身にまとうなんて一瞬想像した光景を頭から追い出すべく千歳ごと強引に寝転んだ。

「……そういえば、千歳さんはどのようにして赤澤さんとお付き合いする事になったのですか?」

部屋の灯《あか》りを消してサイドランプだけつけた状態になり、漸く寝る態勢に入ったところで、気になっていた事を隣に寝転ぶ千歳にぶつけた。

お泊りの時は恋バナ、と意気揚々としていた千歳だが、まさか自分の事を聞かれるとは思っていなかったらしい。

淡い光に照らされた千歳は、ぱちりと幾度か大きな瞬きをした。

「私? 別に聞いても面白《おもしろ》い事はないというかむしろまひるんが不快になる要素が盛り込まれているというか」

真昼が千歳と出会った時には既に樹《いつき》と交際していた頃だし、千歳は今の仲睦《なかむつ》まじさこそ語るが過去の事はあまり言わなかった。

今まで特に聞かなかったなと思って問いかけてみたのだが、進んで話したそうには見えない。

「隠してるって訳でもないんだけど……うーん。まあまひるんの恋路を見守ってるから私も言わなきゃ不公平かな」

嫌そう、というよりは説明に困るような顔で視線を泳がせる。それが思い出す時の仕草だというのは、なんとなく分かった。

「まひるんが期待するような甘い話じゃないけどいい？」

「……千歳さんが構わないのであれば」

「そっか。んー、なんというか、いやもうほんと昔の事を思い出すだけで結構恥ずかしいんだけどさあ。私がいっくんと付き合う前って、こう、今だからこそ自分を客観視出来るんだけど、ドライっていうかすましてまああ人当たりの悪い子だったんだよね。陸上以外に興味なーい、って感じのね。お兄ちゃん達との反発もあったからなんだけど、まあ可愛げない子だった訳ですよ」

今では想像出来ないような人物像に固まる真昼に、千歳も「想像出来ないよねえ」と眉を下げる。

今の千歳は、明るく誰にでもフレンドリー。いつも笑顔で周囲に愛されているようなイメージだ。

千歳が語る過去の千歳は、まるで真逆のものだった。

「だからまあ、元から部活の、一部の先輩には嫌われていたんだよね。私がレギュラーの座を奪っていたから尚更《なおさら》。その妬《ねた》みはまあ仕方のないもので、私も礼儀を欠かしたり見下した訳ではないけど、やっぱり社会の縮図である学校だとどうしても、ね。まあ出る杭《くい》は打たれる的なあれがありまして」

真昼にも、そういった経験はある。

良くも悪くも、生まれ持った才能と努力によって真昼は人よりもいろいろな分野で突出している。その妬み嫉《そね》みは一通り経験してきた身としては、身につまされるものがあった。

千歳の場合は、その身体能力を妬まれたのだろう。

「その上で、いっくんが私の事を好きって告白してきてね。私に当たりの強い先輩がどうもいっくんの事好きだったらしくて。最初、私は別にいっくんの事知らなかったしお付き合いとか考えた事がなくて告白はお断りしたんだけど、断ったのにもーそこから先輩の嫌がらせがひどくってさあ」

今千歳は笑って話しているが、当時は相当にひどい目に遭ったのだろう。

「私は走る事が大切で断ったらそれでおしまいのつもりだったんだけど、先輩は私の態度が気に食わなかった。いっくんも諦《あきら》めなかったから、嫌がらせが色々エスカレートしていったよね」

「それは……」

「それでも耐えてたんだけどさ、先輩は結局とうとう実力行使に出ちゃって。それまでは間接的だったんだけど、その時は直接的に……多分本人もそこまで大きな事をするつもりはなかったんだろうけどさ。練習中、わざと怪我《けが》するようにされちゃって」

それはもう個人間の問題では済まない事態なのでは、と思わず呟くと「まあ顧問の見ていないところで分からないようにされたからね」とほろ苦く笑う千歳が居て、きゅっと胸を締め付けられた。

「陸上の命ともいえる足を怪我して、大会前にレギュラーから外れてね。まあ生き甲斐《がい》を失うわ居場所を失うわで悔しくて病院もサボってグラウンドぼんやり見てたら、いっくんが謝りに来たの。オレのせいだーって。……いっくんのせいじゃないんだよね。あくまで悪意を実行に移したのは先輩の意思。それは分かってても、やっぱり心のどこかでいっくんが告白してきたから、って思ってしまって。そう思ってしまう自分があんまりに情けなくて、いっくんの目の前で泣いちゃってねえ。ひとしきり泣いた後に聞いたのよ。何で好きでいてくれるのって。走ってる姿が好きって言ってくれたけど、もう前みたいに走れないかもしれないのに、って」

スポーツは一度怪我をするとなかなか復帰しにくい。

仮に治療が完璧《かんぺき》でもブランクによる筋力の低下から元のように走れるようになれるかは分からないし、なれたとしても更に時間がかかる。

その間にレギュラーから外されるのは現実的な事を考えれば仕方のない事だが、千歳からすれば居場所がなくなった、と思う程の衝撃だったのだろう。

ただ、そう語る千歳は暗い表情とは言い切れない。

それどころか、どこか穏やかともいえる優し気なものを混じらせて、懐かしげな眼差しになっていた。

「そしたらいっくんは『関係ない。好きなものは好きだ』って。もー直接的で正直すぎて思わ

ず涙止まったよね」

「……情熱的ですね」

「まあ好きじゃなきゃ振られたのにアプローチしてこないよねえ。いっくんそういう所諦め悪いし真っ直ぐで真面目《まじめ》なんだよね、ほんと。……結局、ほだされたって言ったらいいのかな。あそこまで純粋に好きだって言われて、嫌な気分がしなかったって事はそういう事なんだろうね」

照れ臭そうに頰《ほお》を搔《か》いている千歳は、そのまま頰にかかった髪を払って、ゆっくりと瞳《ひとみ》を伏せた。

「だから、始まりはまひるんが周に抱くような、純粋な恋って訳じゃなかったよ。悪く言えば、流されて受け入れただけだから。勿論今はちゃんと愛していますとも。……軽蔑《けいべつ》した？」

「いえ。……人によって交際の過程は違いますし、愛の形もそれぞれです。きっかけがどうであれ、今千歳さんが赤澤さんと相思相愛で大切にしあっているのなら、いいと思います」

真昼にとっては交際は好き合った人同士が結ぶ関係であり、どちらかの好意だけでは縁を繫《つな》げない、と思っている。

ただ、それが全《すべ》てではない事も、知っている。

樹と千歳がどのようにして結ばれたのか、千歳の語り口では細部をぼかされているが、真昼が思うカップルの出来方とは違うのだろう。

真昼は、それを否定するつもりもないし、そういうものだと受け入れられる。

昔の事より、今千歳が幸せかどうか、その方が大事なのだ。

ゆるりと首を振った真昼に千歳は安堵したようで小さく唇を弛《ゆる》めた後、無造作に天井《てんじょう》に向かって手を伸ばした。

まるで、そこに何かがあるかのように、ゆっくりと掌が握られる。

「……私は、部活を辞めてから、自分を変えるようにした。陸上だけじゃない、他にもっと広い世界を知ろうって。処世術も学んだ。打算的だけど、笑っていた方が人はいい印象を持ってくれるし、親切にしていればその分味方も増えるからね。私は、あまりにも人との関《かか》わりを疎《おろそ》かにしていた事のツケを払わされたから、尚更」

真昼を撫《な》でるように視線を向けてきたのは、恐らく「まひるんもよく分かると思うけど」という意味が込められているのだろう。

「まあ、そんな訳で、私といっくんは今に至る訳です。別に愉快な話じゃなかったでしょ」

「……愉快かどうかはさておきますが、赤澤さんが押しに押していた事がちょっと意外でしたね」

「ふふふ。私もまあ変わった方だけどいっくんも変わったんだよねえ。いっくん、昔はご家庭の教育方針でどちらかといえば生真面目《きまじめ》な優等生だったんだよ。私みたいなのにひっかかるからこうなったんだけど」

「……そこで自分を卑下《ひげ》しちゃだめですよ」

「ここだけは譲れないな。……大輝《だいき》さんに嫌われるのも当然なんだよねえ、大切に育てていた真面目な息子が私をきっかけに変わっちゃったんだから」

小さく呟いた言葉は、恐らく真昼に聞かせるつもりはなかったのだろう。微《かす》かに震えて湿ったような響きだった。

千歳と樹の父親とは溝がある、という事は何となく聞いていたが、想定以上に深いものに思える。

部外者である真昼は、おいそれとその溝を埋める事も橋をかける事も出来ない。

ただ、寄り添う事くらいは出来るだろう。

真昼は千歳の顔を見ないようにそっと彼女の方に体を寄せて、額を腕にくっつける。

「……私は千歳さんの事、好きですよ」

そっと囁《ささや》くと、触れた体が少しだけ揺れた。

「えへへ、ありがと。私もまひるんすきー」

どこかすがりつくように千歳が真昼の懐に潜り込んでくるが、真昼は今回ばかりは拒まずに千歳の好きにさせた。

「んふふ、まひるんのふかふかに一番乗りしちゃった」

「……一番乗りという訳では」

「えっ何それ詳しく」

「秘密です」

「えーいけずぅ」

側《そば》で軽口を叩き合い、真昼は千歳の温《ぬく》もりを感じながらゆっくりと瞳を閉じた。

# かつての後悔とこれからの希望

（こんなもんでいいかな）

バイトもない休日に家に居ると父親があれこれ言ってくるので、樹《いつき》はストレスを溜《た》めないためにも周《あまね》に借りた漫画を返す、という名目で外に出かけていた。

千歳《ちとせ》お気に入りのパティスリーでシュークリームを手土産に包んでもらった後、行き慣れた道を進んで周の住むマンションまでやってきていた。

午前中にきっちり返しに行くという連絡をしていたので、家に居ない、という事はないと踏んでいる。

エントランスに入って手慣れた動作で周の部屋に呼び出しをかけながら次は何貸してもらおうかな、なんて呑気《のんき》に考えていたら「赤澤《あかざわ》さんですか？」という、想定外の声が聞こえてきて体が自然と姿勢を正してしまう。

（……休日の昼だよな？）

夕方は食事を作ると知っているので居てもおかしくないとは思うが、休日の昼。周の口から真昼《まひる》とは休日を共に過ごす事もあると聞いてはいたが、やはり実際にこうして周宅に居るのだと思うと微妙に落ち着かない気持ちになってしまった。

「ああ椎名《しいな》さん、こんにちは。周は？」

「こんにちは。周くんなら所用で外に行ってますのであと小一時間くらい帰ってきません。なんでも郵便物を出した後ＡＴＭと文房具店に用事があるそうで」

「なるほど。平日に済ませておけばいいものを……うっかりなやつめ」

「それはごもっともで。赤澤さんがいらっしゃることは周くんからお聞きして許可をいただいていますから、どうぞお上がりください」

周は樹が訪ねてくる事を認識していたらしいが、どうしても先に済ませておきたい用事だったのだろう。

真昼に応対を任せていってしまったあたりは後からつっつくとして、とりあえずは真昼のお言葉に甘えてマンションの中に入れてもらう事にした。

「いらっしゃいませ」

周の家を訪ねると、当たり前というか先程聞いた涼やかな声を引っさげて真昼が迎え入れてくれた。

その姿が最早同棲《もはやどうせい》している彼女や奥さんか、とツッコミが入りそうな程に自然で、「これでどうして脈があるか分からないとか思えるんだあいつ」と外には出さないような小さな声で呟《つぶや》く。

少し固まった樹に不思議そうな顔をする真昼には曖昧《あいまい》に笑って誤魔化《ごまか》して、靴を脱ぎ出されたスリッパを履《は》いたあたりで漫画と一緒に手に提《さ》げていたシュークリームの入った箱を真昼の方に見せる。

「お邪魔します。あ、これ手土産のシュークリーム。椎名さんの分もあるから二人で食べてね」

毎日真昼とご飯を食べているならば夜に食べる時間があるだろう、と思って真昼の分も買ってきたが、まさか昼間に居るとは思うまい。

シュークリームの箱を受け取った真昼は「周くんが喜びそうですね」と小さくはにかんで、軽く会釈《えしゃく》をした。

「ご丁寧にありがとうございます。こちらでお待ちくださいね、今お茶をお出ししますので。紅茶は飲めますか？」

「オレは何でも飲めるよ。お気遣いありがとうございます」

「いえ、大切なお客様ですので。では少々お待ちください」

樹をリビングのソファに案内した真昼は、穏やかな笑顔でキッチンに入っていく。

その動作があまりにも自然でこなれた様子だったので、感心していいのか呆《あき》れていいのか。

こんなにも自分の生活範囲に真昼が居ても進展がほとんどない周にへたれめ、と優しい悪態を飛ばしておいた。

少し待てば、紅茶の入ったカップが二つとシュークリームの載せられた皿を一つトレイに載せて真昼が帰って来る。

シュークリームは樹の方に置かれたので、恐らく真昼の分は周が居る時に食べるのだろう。

優雅な所作で樹に紅茶を出した後、真昼はどこに座ろうか悩んだらしく少し視線をさまよわせた後、しっかりと距離を取って樹の隣に腰を下ろした。

流石《さすが》に自分がソファに座っているのに女の子に絨毯《じゅうたん》の上とはいえ床に座らせるのは申し訳なかったので少しホッとしつつ、きっちり端の方に座っているあたり樹の存在に慣れていないのだろうな、という苦笑も浮かぶ。

(まあ、そうだよなあ。オレは椎名さんにとって仲悪いとも良いとも言えないくらいの間柄だし)

別に、樹と真昼自体はそんなに仲がいい訳ではない。

樹からしてみれば彼女の友人であり親友が恋している女の子、というものであり、他の人よりは親しいだろうが千歳や周が真昼に接するような態度を樹が取れる筈《はず》がない。

こうして二人きりになる事なんて今までほとんどなかったので、何とも言えない気まずさを感じる。

ちらりと横目で見れば、澄ました表情で紅茶を口にしている。彼女は彼女で気まずさを感じているかもしれないが、表には出ていなかった。

「急に訪ねたのに気を使ってもらってごめんね」

「いえ、赤澤さんは事前に話したのに周くんが急にやらないといけない事を思い出したのが悪いのです。すぐに帰ってくるとは思いますけど、お待たせしてすみません」

ぺこりと頭を下げる真昼に、つい笑ってしまった。

恐らく本人は自覚していないだろうしその気もないと思うのだが、まるで旦那《だんな》の不在を謝る妻のような言動で、それが自然だと思っているあたり余程入り浸《びた》っていて側《そば》で過ごしてきたのだろう。

「気にしなくていいよ、オレも当日に言ったもんだからさ。それにしても……本当に周んちに居るんだね」

しみじみと呟くと、真昼は小さくたじろいだ後ほんのりと頬《ほお》を薄紅で彩《いろど》って、肩を縮める。

「う。……その、何様だとか思うでしょうし押しかけみたいですよね……」

「責めるつもりはなかったんだ。ただ、それが当たり前になってる二人って何かいいなっていうか微笑《ほほえ》ましいっていうか」

周も真昼も一緒に居る事が当たり前になっていると感じられて、恋路を見守る側としては微笑ましいし可愛《かわい》らしいと思う。

高校生男女が二人きりになりがちな状況で数ヶ月大きな進展がない、というあたり二人の慎重さと奥手さが垣間見《かいまみ》えて尚《なお》の事微笑ましい。進まないのは主に周が押さないのが原因な気もするが。

「周も椎名さんと過ごすようになって前より顔が柔らかくなってるし、椎名さんのお陰なんだなって思ってる」

「そ、そう、ですか。それはよかったです」

「も ー出会った時の周はクールっていうかダウナーっていうか無愛想《ぶあいそう》っていうか、結構冷たくて暗い感じのやつだったから、あそこまで感情表現したり柔らかい笑顔見せるようになったのは進歩だよなあ、と」

その表情は樹が引き出した訳ではなく隣に居る真昼が引き出したものだと思うと少しだけ胸にしこりのような引っかかりが出来てしまうが、周が楽しそうに過ごしているならそれでいいだろう、とすぐに消え失《う》せる。

変わるもんだよなあ、としみじみしていると、黙って聞いていた真昼がちらりと、どこか真剣な面持《おもも》ちでこちらを見てきた。

「……気になった事を、聞いてもいいですか？」

「オレに答えられる事なら何でも」

「……その、周くんと赤澤さんは、何がきっかけで仲良くなったのかな、と」

大分悩んだ後躊躇《ためら》いがちに問いかけられた事に、樹は穏やかな笑みを真昼に返す。

「気になる？」

「……それはその、はい。周くんは警戒心が高いタイプだと思っているので、赤澤さんと親しくなるきっかけみたいなものがあったのかな、と思いまして」

「好きな人の事は何でも知りたいって感じ？」

「……それはその、周くんが不快な思いをするなら、聞く事を遠慮しますけど……前、周くんに聞いた時に、いつの間にか仲良くなったって言われたので、気になって。周くん自身が何で仲良くしてくれたのか分からない、って言ってたから」

「あー、周は覚えてないんだよなあ。そりゃまあ気付かないとは思うんだけども」

入学当初に周に話しかけた時にはすっかり昔の事を忘れていたようなので、樹が何故《なぜ》周と仲良くしようとしたか、なんて周には分からないだろう。

だから仲良くなったきっかけ、というものに心当たりがないのだ。

窺《うかが》うような眼差《まなざ》しを向けてくる真昼にどう説明したものか、と少し考えて、とりあえず樹は真昼に質問してみた。

「ねえ椎名さん、オレが眼鏡《めがね》かけて沈んだ表情してたら、それって俺《おれ》って気付く？　一度の、ほんの少しの時間だけ話した数ヶ月後に会ったとしたら」

「……場合によります」

「あはは、椎名さんは人をよく観察してそうだからね。周は気付かなかったんだよね、髪型とかも今よりずっと大人しかったから」

人は見かけで判断されやすい、と言うし樹もそう思っている。

人の顔を覚える時は、顔立ちもあるだろうが髪型や雰囲気も強く影響してくる。よく見知っていても一気にばっさりと長い髪を切った女の子を一瞬誰《だれ》だと認識出来ないように、印象が一気に変わるとその人だと脳が一致させるのに手間取るのだ。ならば短い時間、一度だけ会った人間が、変わっていたら。

それはもう、他人として認識するに違いない。

「高校入る前の学校見学会あるでしょ？　オレと周が初めて会ったのはそこ」

思い出すと懐かしくなると同時に地味に嫌な気分になるのは、当時精神的に荒れていたし、いろいろと揉《も》めていた事も一緒に記憶の引き出しから取り出してしまうからだろう。今でも解決していない揉め事《ごと》なので、尚更《なおさら》。

「あの時にさ、オレ体調悪かったんだよね。その頃《ころ》父親とちぃの事で揉めてたし家や進路の事であれこれ言われて、もうストレスマッハだったんだ。ここじゃなくてもっと厳格な規律のある進学校に行けって言われてたし」

別に、樹も父親の気持ちが理解出来ない訳ではない。

千歳と付き合う過程で一つ揉め事を起こしているので、これ以上不要な揉め事を起こしてほしくないし手の届く範囲に居てほしいのだと認識している。

どちらかといえば父親には大切にされているのだろうが、そもそもそれが父の理念に反さないようにするため、といった側面が強い。

よい親であろうとするが故《ゆえ》に厳しく接するし、家のために品行方正な人間である事を求めてくる。

父親の気持ちは分からなくもないが、親の理想の子である事を望まれ続ければ、鬱屈《うっくつ》した思いを抱くのも当然だろう。

(母さんは母さんでアトリエの方に居るか個展の準備してたから忙しくて関《かか》わってこないし)

母親が自分の仕事を優先していた分、父親が気にして育ててくれた、とは分かっている。家の仕事があるというのにしっかりと教育してくれた事自体は、感謝している。

それでも、自分はラジコンではない、と溜《た》まりに溜まったものが爆発《ばくはつ》して声を大にして伝えたのが、中学生の時だ。

「ずっと頭も痛くて結構フラフラしてたんだよ。こういう時に限ってちぃと優太《ゆうた》は日程違ってオレ一人で来ていたからさあ」

親の居ない時間帯を狙《ねら》って複数日程ある見学会を申し込んだ結果、千歳や優太といった友人達の予定が合わずに一人で参加する事になったのだ。

それが仇《あだ》になった。

「まあ何とか表に出さないようにして見学会に参加してたんだけど、途中で辛《つら》くなってトイレって言って説明抜けて蹲《うずくま》ってたら、周が追いかけてきて、あれこれ世話焼いてくれたんだよな」

手洗いに一人で行くと言って抜け出してきた、お世辞でもあまりよくない態度だった中学生の樹を、名前も何も知らない間柄なのに周は追いかけてきたのだから、相当なお節介焼きだろう。

『……体調悪いのか？』

『熱はなさそうだし……ちょっと待ってろ。飲み物買ってくるから。歩いている時に自販機見かけたんだ』

『ほら。水で良かったか？　薬持ってる？』

『体調悪いなら早めに切り上げて帰るか、高校の先生に言って少し保健室で休ませてもらった方がいい。そんな体調で見学してたら多分ぶっ倒れるぞ』

『教員呼んでくるから、そこで待ってて』

校内を勝手にうろつくな、と怒られる事は分かっていたのに心配してついてきた上に面倒まで見てくれた周に、樹は感謝したし後で巻き添えで怒られる事になる周に申し訳なさを覚えた。

帰ってきたら謝ろう、と思って待っていたら、先生だけ来て「彼は説明会に戻らせたから」と言われた。

その後はそのまま保健室で休ませてもらって、結局また会う事も出来ずお礼も言えずじまいだったのだ。

「まあ、言っちゃそれだけなんだよなあ。大した事はしてないって思ったらしいあいつは全く覚えてなかったしな。それでもオレは感謝してるんだよ」

なるべく顔に出さないようにして、平然とした様子で出て行ったから、気付かれるとは思っていなかったのだ。

その段階では赤の他人だった樹を追いかけてくなんて、普通は想像しないだろう。

「高校に入って、オレは見かけを変えてたけどあいつは何にも変わってなくて、偶々《たまたま》おんなじクラスになって話しかけに行ったけど本当に覚えてなくてさあ。笑っちゃったよ」

これは周を一概には責められない。

樹は高校に入ってから、見かけをだいぶ明るくした。

飄々《ひょうひょう》とした振る舞いにしているのも、父親が思う、こうであれという優等生の形から抜け出したくてのもの。周が気付かなくても仕方ない。

こうしていると自分が自分らしいと感じるあたり、優等生で居るのは息苦しくて辛かったのだろう。窒息する前に千歳が一緒に籠《かご》の外に出てくれた事を、感謝していた。

自由な鳥に、足枷《あしかせ》を付けてしまった事を、少し後悔しながら。

「まあでも、あいつだけは心配してきてくれて、いいやつって事は分かってたから構いに行ってたら、何だかんだ友達になった……ってところかな」

「……周くんって、何だかんだ情に厚いというか」

「同感。……だからさ、椎名さんの事もちょっと警戒してたんだよねえ」

「……私が何だかんだ人の良い周くんを騙《だま》したり悪い影響を及《およ》ぼしたり傷つけたりしないか、

ですか?」

真昼は、樹の言わんとする事をすぐに理解したらしく、驚きもせず、ただ凪《な》いだ瞳《ひとみ》で樹を見つめてきた。

話が早くて助かる、と思いながら敢《あ》えて答えは言わずに微笑み、それから少し肩を竦《すく》めてみせた。

「まあ普通は心配する相手が逆だと思うだろうけどね。オレからしたら、みんなに好かれているよく知らない人より、よく知る誤解されがちな友人を心配する方が先だから」

樹にとって、あのクリスマスイブの日まで、椎名真昼という存在は完璧《かんぺき》超人であり非の打ち所のない淑《しと》やかな美少女、という認識だ。

それ以上でも、それ以下でもない。

つまり、関わり合いのない樹にとって、真昼は性格をよく知らない、そして影響力の大きな他人なのだ。

もし、そのきれいな笑顔の裏で、何かを企《たくら》んでいたら?

人の噂《うわさ》や悪意などに悩まされてきた樹にとって、生徒の間を流れる噂など半信半疑にしている。

天使様と呼ばれる程器量よく善良だと言われている真昼ですら、疑うべき相手でしかなかった。

自分は信用されていなかった、と分かっても、真昼は落ち着いた様子のままだ。

「……賢明な判断だと思います。正直言って、ちょっと自分でも周くん側の立場なら胡散臭《うさんくさ》くないか、とか何か狙いがあるのではないか、とか思うでしょうから」

「だって、利益《りえき》とか考えたら周と関わるメリットが見当たらなかったんだよね。むしろデメリットの方が先に見えてくるし。だから損得勘定《かんじょう》抜きで関わってるのかって見極《みきわ》めるしかないじゃん」

「ごもっともです」

「まあすぐにただの周大好きっ子って事が分かったので、今は何にも心配してないしむしろガツガツ行ってくれって思ってるから」

今となっては、真昼はただ周の人柄を理解して惚《ほ》れた一人の女の子だと分かっているので、心配する事もなくなっていた。

むしろ、周がへたれなので真昼がやきもきしていないかと真昼の方を心配するくらいである。

周大好きっ子、という言葉に照れたらしい真昼が唇を結んでクッションを抱き締めるので、からかいすぎたなあとひっそり笑いつつも周が居ないうちに色々と言っておこうと決めた。

「あれだよ、周はべらぼうに押しに弱い。椎名さんの押しにはめちゃくちゃ弱いからぐいぐい行った方がいいよ」

「そ、そう言われましても……普段から、頑張ってるつもり、なのですけど」

「うん、それは傍《はた》から見ていても思うけどね。でもほら、周って……なんというか、すげーへたれてるし人から好意を受ける事なんてあるのかって疑ってかかるタイプだからさ」

「……そうですね」

若干遠い目をした真昼に、内心で手を合わせておいた。

「苦労してるね」

「ふふ。でも、この苦労も恋の醍醐味《だいごみ》なのでは?」

「それもそうか。オレも若い時は苦労したからねえ、今ではいい……もんでもないけど、笑って思い出せるものだから」

笑うというよりは苦笑に近いものだが、それでもあの日々は樹と千歳で乗り越えてきたものであり、切り捨てるものではない。懐かしい思い出として胸の奥にある。

へらりと笑って今でも若いだろ、というツッコミ待ちをしていると、真昼はどこか反応に困ったような、曖昧《あいまい》な笑みを浮かべていた。

その微妙な反応は、恐らくではあるが、千歳から何かしら聞いているのであろう。

「ちぃから聞いてる?」

笑うのをやめて静かに問いかければ、真昼もまた静かに頷《うなず》いた。

「……少しだけ。千歳さんが陸上部を辞める事になったお話と、交際の過程を」

「そっか。オレの事どう思う?」

自分の影響力を弁《わきま》えず千歳に正面から告白した結果、陸上部の先輩から千歳が恨まれた事を。

正しく言うなら、元々彼女に向けられていた妬《ねた》みが樹の告白によってより燃焼してしまった、であるが、それでも火に油を注《そそ》いでしまったのは自分だ。

もう少しうまく立ち回っていれば、もしかしたら千歳は樹と付き合ったまま先輩に怪我《けが》をさせられる事もなく部活を続けていたのかもしれない。その場合、陸上の推薦をもらって強豪校に行っていたであろうから、生きる道も離れてしまったのかもしれないが。

「……私が言えた義理ではありませんよ。一歩間違えれば、私もあなたと同じ後悔を背負う事になりますから」

「オレより椎名さんの方が何倍も気を使っているし、立ち回り方も上手《うま》いからそこは心配していないよ」

真昼は樹よりそのあたりの察知能力と手回しに長《た》けているようで、少しずつ、少しずつ、違和感を与えないようにゆっくりと学校でも距離を詰めている。

昔の自分にもこういう気遣いがあれば、千歳は傷つかなかったし、その過程を見ていた優太はここまで女性を警戒するようにならなかったのかもしれない。

全《すべ》ては今更で、詮《せん》なき事だが。

「ただ、もし周の事を深く傷つけるような事態になったら、オレは椎名さんの事を嫌いになるかもしれない。ちぃから一つの選択肢を奪ったオレが言えた義理じゃないのは、分かってるけど」

「その場合嫌われるのは当然でしょう。大切な友人が傷つくのを喜ぶ人など居ませんから。……私も、もしあなたが周くんや千歳さんを苦しめるような事になれば、赤澤さんを嫌いになっちゃいます」

「はは、そりゃ助かる。……嫌われても仕方ないからなあ」

嫌いになる、と言われて安堵《あんど》してしまったのは、肯定してくれる友達が多かったせいなのかもしれない。

周囲は自分が起因になった事故についてお前のせいではない、お前は悪くない――そう言ってくれたが、ずっと悔やんでいたのだ。本当に自分は悪くないのか、千歳は恨んでいないのか、と、ひっそり悩んでいた。

だからこうして、もしもという仮定があっても、真正面から否定してくれる人が居た事に、嬉《うれ》しさを覚えてしまった。

そして、ちゃんと千歳や周の事を思って怒ってくれる人が居て、良かったと思う。

「……僭越《せんえつ》ながら私の勝手な見解で申しますが、千歳さんは赤澤さんと一緒に居る事を選んで、後悔なんてしていないと思いますよ。いつも、嬉しそうに赤澤さんのお話をしますから。……ちゃんと二人で話し合った方がいいのでは？」

苦い笑みを浮かべていた樹に真昼は柔らかな笑みを向けて「お二人も、たまに遠慮し合いますよね」と囁《ささや》く。

それが妙に温かくて、くすぐったくなりながら強張《こわば》るような笑みを貼《は》り付けていた頬が、緩《ゆる》んだ。

「……よかったよ、椎名さんが二人の友達でいてくれて」

周は割と人を見る目があるよなあ、としみじみと頷きながら呟くのだが、真昼は樹の言葉を受けてぱちくりと瞬きを繰り返していた。

「ごめんごめん、将来的には周の彼女だから友達だと不満だよね」

「そっ、そういう意味じゃないですっ」

なんて事を言うんですか、と言わんばかりの真っ赤《まか》な顔に羞恥《しゅうち》からほんのり涙混じりの瞳に睨《にら》まれて、ついつい吹き出してしまった。

こんなにも分かりやすいのに、何故周はもっと押そうとしないのか。周が好きだと周りの方が気付くくらいなのだから、もう少し周の方も押せばいいのに……と思いつつも今のままの方が二人らしくていいのかもしれない。

友人の恋路はまだまだ道のりが遠そうだな、と確信したところで、玄関の方から鍵《かぎ》が開く音がした。

噂のご本人が帰ってきたようである。

真昼はいたたまれなくなったのかすぐに立ち上がって、樹から逃げるように玄関に小走りで向かって行った。

「ただいま。樹きてる？」

「お帰りなさい。もうとっくの昔に来てますよ」

玄関側から声が近づいてきて、途中に寄ったと思《おぼ》しき文房具屋の紙袋を手にした周がひょっこりと姿を現しては、樹の姿を見て申し訳なさそうに眉《まゆ》を下げる。

「やべ……すまん樹」

「いいよいいよ、椎名さんとゆっくりお話出来たし。ねえ椎名さん」

「ふふ、そうですね」

周が居たらこんな会話など出来なかっただろう。

そう考えれば周の急な外出も悪いものではない。

「……何話したんだよ」

「おっやきもちかお兄さんや」

「馬鹿《ばか》、んな訳あるか」

ほんのりムキになったように返した周に真昼が微妙にむっと眉の間を狭《せば》めた事は、恐らく樹だけが気付いている。

(そこで素直にやきもちやいたって言えば椎名さん喜んだだろうに)

周が照れ屋だし素直でないのは樹も承知の上なので無理難題なのは理解していたが、やはり一歩踏み込めない姿を見ているともどかしさを感じてしまう。

「……本当に何話してたんだ」

「さあ、何でしょうね。ナイショです」

周の反応のせいか、それとも最初から言う気がなかったのか、少しいたずらっ子のような弾んだ声音《こわね》で口元に人差し指を立てて秘密とアピールしている。

余計に周は訝《いぶか》るような表情になっていたが、真昼は敢えて知らんぷりをしているようだった。

「ふふ、拗《す》ねないでください。……周くんの面白《おもしろ》エピソード、とかでどうです？」

「それ絶対違うしされたらされたで嫌なやつだ！」

「どうでしょうねえ。あ、赤澤さんからシュークリームお土産にいただきましたよ」

「……誤魔化されないぞ」

「要らないのですか？」

「要るけど！」

シュークリームは食べたいらしい周が真昼を睨んでいたが、真昼は美しい微笑みを維持したまま周の背中を押して洗面所の方に向かせている。

「食べたいなら早く手を洗ってきてくださいね」

「……後で聞き出す」

「出来るものならどうぞ。コーヒーと紅茶どっちがいいですか？」

「コーヒー」

「分かりました。じゃあ行ってらっしゃい」

あんまりににこやかな笑顔と鮮やかな誘導で周を洗面所に追いやった真昼と、目が合う。

「……お似合いだよねえ、ほんと」

思わず呟いた言葉に真昼は樹が居た事を今思い出したかのように目を丸くした後、縮こまって「今のやり取りは忘れてください」と小声で懇願してきたので、樹は今日一番の笑顔を浮かべて肩を竦《すく》めたのであった。

# その声は反則です

真昼《まひる》が恋した男は、慎重でどちらかと言えば人見知りな大人しい人だった。

あまり愛想が良いとはいえず、慣れない相手には素っ気ない態度を取るが、冷たいかと言えばそうではなく、気遣いは出来るし気性自体は温厚だ。

慣れれば穏やかな表情で接してくれるし、柔らかい笑顔を見せてくれる。

深く親交を持てば分かるが、言葉は多少悪いが優しいし気遣いが出来て思慮深い紳士的な人といえよう。

……紳士的すぎて、物理的に距離を詰めるとその分距離を空けてしまい、意識してもらう前に離れてしまうのが真昼としては難点であるが。

(どうしたらもっと周《あまね》くんに意識してもらえるのか)

好きになってもらうには意識してもらうのが一番であろうが、どうしたら意識してもらえるのか。

一番単純で手っ取り早いのは露出してアピールする事だろうが、そんな事は常識と羞恥心《しゅうちしん》によって即座に却下される。

極力露出を抑えるような格好がデフォルトの真昼にとってみだりに肌を晒《さら》すなんてはしたない事だし、周も真昼がそういった服装をすれば目を合わせてくれないだろうし下手《へた》すれば幻滅するかもしれない。

ではもっとくっついてみたらどうか、とも思ったが、これは周が逃げるのが分かっていた。多少手や肩が触れる分には気にしないが、胴体が触れた瞬間さり気なく空間を空けるか気まずそうに「当たってるから」と告げてくる。

真昼としても意図的にそういった手法を取るのはあざといし、やはりはしたないのでは、と恥ずかしくなるのでやはり却下だ。

では、どうしたら意識してもらえるのか。

「夜這《よば》いでもすれば？」

「話聞いていましたか？　普通に殿方の寝室に押しかけて寝込みを襲うなんて常識なしな上に不法侵入ですが？」

その旨《むね》を千歳《ちとせ》に伝えてアドバイスしてもらおうと思ったらとんでもない答えが返ってきたので、真昼は思わず目を細めて軽く睨《にら》んでしまった。

こうして放課後に時間を取らせている点は申し訳ないと思っているが、流石《さすが》に、そのアドバイスは飛躍しすぎているので受け入れられる筈《はず》がない。

真昼の冷ややかな目線による却下に怯《ひる》んだ様子もない千歳は、頼んであったカフェオレをマドラーでくるりとかき混ぜながら小さく笑う。

「まあ流石に冗談だけど。いやさあ、もう前にも言ったけどああいうタイプは押して押して押さないとまひるんが望むような関係には発展しにくいと思うんだよねえ」

「そ、それは」

「だって、こんなに魅力的で可愛《かわい》い女の子が甲斐甲斐《かいがい》しく世話焼いて好意的な態度取りながら側《そば》に居るのに、何もしないんだよ？　いやほんと男？　ちゃんとついてる？　機能してます？　って感じだしさあ」

「そういったお話は控えてください。もう」

一応店内に自校の学生らしき人が居ないか、近くの席に人は居ないか確認してはいるが、かなり発言が危ない。

声量は抑えめになっていても千歳の発言は人に聞かれると非常によくないので、真昼としてはひやひやしてしまうし、気恥ずかしくもなる。

千歳は良くも悪くも明け透けな所があるし、女子二人だからと結構過激な発言もぽんぽん飛び出るので、真昼としては表情筋が顔を歪《ゆが》めないように仕事を求められる事が多かった。

あまり考えてこなかった事を突き付けられているようで頬《ほお》が熱を持ちかけていて、それが千歳の微笑《ほほえ》ましそうな眼差《まなざ》しを強める原因なのだろう。

（……確かに周くんは、そういう態度とか、一切《いっさい》見せないですけど）

二人きりで隣に居ても、そういった事はなかった。

本人が気を付けているのだと真昼は思っているが、実際はどうなのだろうか——と思考の端で考えてしまって、千歳に乗せられていると慌てて余計な考えを追い落とす。

こほん、と軽く咳払《せきばら》いをして気を取り直そうとしてみるものの、少し考えてしまった事がやはり脳裏《のうり》をよぎって平静を上手《うま》く保てなかった。

「でも実際、ガツガツしてないしむしろ紳士的でしょ。距離取って気を使うタイプ。普通、下心の一つくらいあってもおかしくないのにね。だから本当に男なのか疑惑がねえ」

「……千歳さん」

「ごめんって。まあ、とにかく言いたいのはあいつは理性的だしその場の感情でどうこうしようとはしないタイプだから、まひるんが普段通りならそりゃ間は縮まらないよねって。意識してほしいならまひるんから押さないと」

それはそうだと今までの経験上からも分かっているが、どのような手法を取ればよいのかが分からない。真昼に出来る事は今までしてきた。

「……まあまひるんはまひるんで周に無自覚でやってるんだよねえ、気付いてないだけで。周も災難だよ。よく耐えてるっていうか」

「私が何をしたと」

「まひるんは可愛いなあって事ですよ」

小さい声でぼそぼそと言っていたので何なのかと軽く問うものの、千歳は説明する気はないらしくはぐらかしたように笑う。

こうなると千歳は頑として話さないのも分かっているので、真昼は聞き出すのを早々に諦《あきら》めて、そっとため息をついた。

（……結局どうすればいいのか）

別に、周に全く脈がない訳ではないとは踏んでいた。

他の誰《だれ》にも見せない優しくて甘い表情を見せてもらっているし、女の子として丁重《ていちょう》に、そして大切に接してくれているのは、分かっている。

他の誰よりも特別に思ってもらっている事も、分かっている。

少なくとも人として好意を持たれているし、真昼の少し希望的観測も込みだが、異性としてある程度好かれている、とは思っている。

でなければ、彼もここまで懐《ふところ》に入れないだろうし、真昼を甘えさせたり甘えたりもしてこない筈だ。

「なんというか、まひるんも周もそれぞれ罪作りな人だねえ。まあ、まひるんはこのまま頑張って押せ押せしていたらいいと思うけど」

「押せ押せ……。たとえば、千歳さんは、その、赤澤《あかざわ》さんと二人の時はどのように過ごしているのですか？」

「え？　参考にならないと思うよ？」

そこまで言うのなら千歳がどのように二人で過ごしているのか参考に聞こうと思ったのだが、ゆるい笑みで手をひらりと振られる。

「いっくんとはねぇ、いちゃいちゃしてる」

「い、いちゃいちゃ……」

「二人の時ってなると、まあ外で遊ぶかお部屋デートな訳ですから。でもまひるんだとおうちに限られちゃうからなあ。うーん、家だとまあくっついてDVD見たり漫画見たりゲームしたり取り留めもない話をしたりって感じなんだよねえ。あとはまあ家に人が居なかったら、ほら、ね？」

「わ、分かりましたから！　そこは詳しく言わなくていいです！」

「あれ、別に私は何をする、なんてまだ言ってないんだけど……まひるんはなにを想像したのかなー？」

「……っ」

「ごめんごめん。まあくっついてちゅーやらそれ以上の事も諸々《もろもろ》するけど、それまひるんが出来る訳じゃないでしょ？　むしろしたら私はまひるんの勇気に拍手するよ」

「し、しませんし出来ません！」

キスなんてしようものならお互いに目が合わせられなくなる。そもそも、普通キスやそれ以上の行為は交際をしてからするものであって、意識してもらうためにする手段ではない。

なんて事を言うんだ、と視線に棘《とげ》を乗せて千歳に付きつけるものの、千歳はそれをどこ吹く風で受け流して笑っている。

「まあ、なので私の体験は役に立たない訳ですよ。まひるんが望むような健全なアピールってなると、最早まひるんはいつもしてるんだよねぇ」

「……え」

「男の子って笑顔向けるだけでドキッとしちゃうし、まひるんは距離が近いから触れ合う事多いでしょ。手とかも普通に繋《つな》げて、隣に座って一緒に同じ本読んだりゲームしたりしているならもうそれがアピールなのではレベルなんだけど」

「そ、それは」

「ご飯もほとんど毎日一緒に食べて、笑い合って会話して、当たり前のように寄り添って過ごしてるならもうアピールの余地が中々……最早傍《もはやはた》から見てたら新婚夫婦かな？　っていうくらいの距離感だしぃ」

にまにまと真昼の様子を見ながら笑う千歳に、真昼は唇を震わせながら口の開閉を繰り返す。

反論の声を上げようとしたが、喉《のど》の奥から出てくるのは言葉にもならないふにゃふにゃとした声だった。

（……ふうふ、とか）

そういう意図を持って過ごしていた訳ではないし、周とは普通に接していた、つもりだ。

世話を焼いてしまうのは真昼の性格の問題だし、隣に座るのは座る場所がソファしかないから。少し遅めの時間まで居るのは一緒に課題をこなしたり会話が弾んだりするから。

周の側に居たかった、という理由が勿論《もちろん》一番強いのだが、その行動の結果が周りから見てどう思われているのか、というのを改めて突きつけられて、勝手に唸《うな》り声が漏《も》れた。

「割と無意識だった？　まあもう二人が一緒に過ごしているって知ってる人は多分みんな思ってるから大丈夫大丈夫」

「それ大丈夫じゃないやつですよね⁉」

「まひるん声おっきい」

余計な追加情報に声を裏返してしまった事を咎《とが》めるように千歳が目を細めながら笑うので、真昼は一瞬我を失った事を反省しつつ千歳を軽く睨む。

当の千歳はにんまりと笑って「それだけ仲睦《なかむつ》まじいって傍から見てて分かるし安心して」と安心していいのか悪いのか分からない励ましの声を口にした。

「まあ、そんな新婚夫婦も熟年夫婦も裸足《はだし》で逃げ出しそうなくらいには仲が良さそうなお二人なんですけど、こうなると間接的な接触を試した方がいいんじゃないんですかねえ」

「……間接的って」

「まひるんは常識の範囲内でアピールして、周に意識してほしいんでしょ？　なら、攻め方を変えてみないと。同じ刺激だと人間慣れちゃうからね。普段のまひるんは笑顔を見せたり側に寄り添ってみたり、あと胃袋は摑《つか》んだりしてるでしょ？　じゃあ、今度は声で攻めてみたら、と思いまして」

「……声で攻める、ですか？」

「そう。夜寝る前に電話してみたら？　おやすみ電話ってコミュニケーションが取れるし、普段寝る前に声なんて聞けないし相手のプライベート空間にお邪魔してるみたいでどきどきするよ。目の前に居ないからこそのどきどき感も味わえるし」

付き合っていてもどきどきするし安心も出来るんだよね、と思い出すように視線をやや上向きにしながらはにかむ千歳は、同性が見ても非常に可愛らしい。

（……確かに、電話する事ってほとんどないから新鮮な気持ちになれるかも）

大体話したい時は周が隣に居るので直接聞いているし連絡事項は文面でやり取りしていた。電話という当たり前のようであまり使われなくなった連絡手段は、別の刺激になりうるかもしれない。

それに、寝る前に周の声が聞ける、というのは真昼にとってもメリットでしかないだろう。好きな人の声を聞いて満足な気持ちで就寝出来るなら、やるしかない。

「……それなら、その、が、頑張ってみます」

おずおずと申し出ると、千歳は「おっ」と嬉《うれ》しそうに声を上げ、瞳を輝かせた。

「その、寝る前に、お話ししてみます。今日あった事とか、楽しかった事とか明日の事とか……話し合って共有するのは、よい事だと思います」

「……まひるんらしいね」

真昼としては至って大真面目《まじめ》に決意を伝えたのだが、千歳の笑みが生ぬるい笑みに変質していく。

「何故《なぜ》そこで微笑ましそうな顔をするのですか」

「可愛いなあって」

「馬鹿《ばか》にしてますね？」

「ソンナコトハー」

「もうっ」

カタコトの返事は確実にそう思っていないという事なので、咎《とが》めるように視線を向けるものの「可愛いねえ」と子供を見守るような笑みで優しく囁《ささや》いてくる。

それが何とも言えない居心地の悪さに繋がっていて、真昼としてはやめてもらいたいというのが本音だ。

「いやほんと可愛いよ。恋する女の子はみんな可愛いんだから。まひるんはその一途《いちず》さとピュアさがより可愛らしいというかね」

「……結局それは微笑ましいの意では」

向いた。

「気のせい気のせい」

気のせいと言いつつ顔はにやにやしていたので、真昼は微《かす》かに唇を尖《とが》らせてからそっぽを向いた。

その後千歳と別れて帰宅し、一度着替えてから、周とおやすみ電話してみせる、と意気込みつつ周の家に向かう事になった。

今では当たり前になった合鍵《あいかぎ》を使って玄関をくぐると、解錠音で気付いたらしい周がひょっこりとキッチンの方から出て来て「お帰り」と声をかけてくる。

先に少し遅くなると伝えていたし周にはご飯を炊《た》いてほしいと頼んでいたのでおかしい事はないのだが、エプロン姿だった事に思わず固まってしまった。

普段から周は手伝いをするようになったのでエプロン姿は見慣れている筈だが、穏やかな眼差しで当たり前のように迎え入れられた事に妙にこそばゆさを感じてしまう。

（……夫婦みたい、とか、そんな）

先程の千歳の話に影響されているのかもしれない。

まだ付き合ってすら居ない身でそんな想像をしてしまうなんて、と自分に恥じつつ、ゆっくりと笑みを作る。

「た、ただいま、帰りました」

咄嗟《とっさ》に表情は取り繕ったが、声音《こわね》までは無理だった。動揺を隠しきれず上擦《うわず》ったような声で返してしまい、周の訝《いぶか》るような反応を引き出してしまう。

「どうかしたか？」

「い、いいえ、その、エプロン着けて出迎えられるのはあまりなかったもので、新鮮だな、と」

「ああ、そういう事。まあ普段は逆だもんな。真昼普段はあんまり遅くに帰らないから」

若干苦しいかと思った言い訳だがあっさり周は信用して、小さく笑った。

「まあ見ての通り一応ご飯の準備はしていたけどさ、やっぱり迎えに行った方がよかったなって今思ってる。帰り道ちょっと暗かっただろ」

そう言って一瞬だけリビングにある時計の方を見てから眉《まゆ》を下げる周に、真昼は緩《ゆる》く首を振る。

確かに、現在十八時過ぎで帰り道は日が暮れていたが、完全に夜の帳《とばり》が下りていた訳ではないし、高校生の帰宅時間としては普通くらいなものだ。

「まだまだ人通りは多かったですしまだ比較的明るいですから。完全に太陽が隠れて通りが危なそうならタクシー使いますし」

「それでもいいけど、俺《おれ》を呼んでくれたら迎えに行くからな？　ちゃんと頼れよ」

「そ、そこまで甘えるのは」

「駄目。俺が居るなら俺を使ってくれていいんだから。まあ頼りないかもしれないけど」

「……ちゃんと頼もしい、ですよ」

「ほんとかぁ？」

周自身は自分を頼りないと思っているのか少しだけ困ったように笑っているが、真昼からすれば十分頼もしい。自分の知っている人の中で、誰よりも。

鍛えている成果が出てきたのか、体つきも少しずつしっかりしてきたのが分かる。

前はどこか猫背気味だったが、今は自信がついてきた事の表れかのように姿勢がよくなった。今は真昼に目線を合わせるために少し屈《かが》んでいるが、眼差しはひたすらに優しくて真昼を気遣うように心配そうで、じわりと胸が温かくなる。

「その、いつも、頼りにしてますよ」

「俺の方こそいつも頼りにしてるから、こういう時くらいは甘えてくれよ」

周は淡い笑みをたたえて、前より少し筋張って見えるようになった手を真昼の頭に伸ばして、真昼を優しく撫《な》でてくる。

普段はみだりに触れたりしないくせにこういう時は自然と触れてくる周に、ほんのり複雑な気持ちを抱いてしまう。

本人はあまり意識せずにしているのだろうが、されている側としては心地よくて幸せな反面、恥ずかしいし自分だけ意識しているのではないかとやきもきしていた。

（……こういう時に子供扱いするんですから）

しかし、とても嫌だとは言えない。

そもそも嫌どころかもっとしてほしいくらいではあるが、自分から要求する事なんて出来ず、ただ周の素直なスキンシップに甘える事しか出来なかった。

何とも表現しにくい感情を胸に押しとどめながらちょっぴり恨みがましげに周を見ると、周はぱちりと大きく瞬く。

「さっき手を洗ったし、調理前にもう一度洗うぞ？」

「……そういう事を心配しているのではありません、もう」

恐らく、真昼の気持ちを正確に伝える事など無理だし、知ってほしい訳ではない。

ただ、自分ばかりがどきどきするのは不公平なので、周の胸に一度頭をぐりぐりと押し付けておいた。

うろたえる声が聞こえるが、真昼は知らんぷりして少しだけ甘えてみせると、動揺の声は次第に仕方ないなあといった響きの柔らかくて寛容なものに変わる。

その声音は自分にしか向けられないものだと分かっているので、自然と唇が緩やかに撓《たわ》んでいく。

ただ、このへにゃっとふやけたような顔はとても見せられないので、周の指を少し堪能した後は余裕を持った表情を作って顔を上げた。

周は、真昼の頭に手を置きながら、ほんのりと顔を赤らめてこちらを見ていた。澄んだ黒色の瞳が、動揺を表すように僅《わず》かに揺れる。

真昼がその表情に少しだけ満足して笑うと、周は今度は自分の頭を撫でつけるように軽く掻《か》き上げて、吐息をこぼした。

「……俺、ご飯作りに戻るから」

逃げた。

そう思いはしたが、流石に口にすると今度は周が不貞腐《ふてくさ》れそうなので何も言わず、真昼は周についていくようにキッチンに入ろうとしたが、周が軽く肩を摑んで押し留めてきた。

「真昼はリビングで寛いでいていいから」

「……私も作りますよ？」

「今日は俺が作る日。折角ゆっくりしてきたなら最後までゆっくりしてくれ。そんなに難しい献立にしてないし、いつも真昼に作ってもらってるんだから」

「……周くんいつもお手伝いしてくれるじゃないですか」

「でも真昼が主にやってるし、俺は出来る事は少ないからな。労力は比べ物にならないよ。ま、練習させると思って任せてくれ」

穏やかで柔らかく、しかし拒む事は許さない不思議な強制力のある声に、たじろぎつつも「でも」と続けようとするが、周はゆるりと首を横に振るだけでキッチンには入らせようとしなかった。

「そんなに俺だけだと不安？」

「そうじゃないですけど、全部してもらうのは落ち着かないというか……」

「じゃあ配膳は手伝ってもらおうかな」

あくまで調理は譲る気はなさそうな周に「……もう」と苦情代わりにぽこりと二の腕を叩《たた》けば、周はどこかいたずらめいた笑みを浮かべてもう一度真昼の頭を撫でた。


結局周に調理の全工程を任せて真昼はリビングで待機する事になったのだが、やはりというか周の方が気になってしまってそわそわしてしまう。

一応周が程々《ほどほど》に料理が出来る事自体は分かっているが、やはり気になるものは気になるのだ。

気もそぞろにテレビ番組を見ながら音に耳を澄ませたりちらりと見てみたりと経過を見守っていたが、幸い大きな事故が起こる事もなく食卓に料理が並ぶ事になった。

途中から食欲をそそるようなスパイシーな香りが漂ってきていたが、どうやらキーマカレーを作ったようだ。

今回は周が何を作るのか決めたので、カレーだなという予測は立てていたがキーマカレーなのは盛り付けの時に知った。

「ちゃんと味見はしてるからな？」

じっと見てしまったからか心配ないと念押ししてくる周に思わず笑うと、微妙に拗《す》ねたように「そんなに信用ないかなあ」とこぼすので、今度は真昼が周の頭を撫でてから着席する。

シンプルにキーマカレーとサラダというメニューで、パッと見では失敗も見当たらない。

元々周はきっちりレシピを見て手順を忠実に守れば見かけはともかく普通にある程度の美味《おい》しいものは作れるタイプなので、そこまで心配はしていなかったりする。

ちらりと周を見れば、微妙に期待するような眼差しが返ってきた。

普段自画自賛になるが真昼が美味しいものを作っているので、真昼の評価が気になるのかもしれない。

ほんのりそわそわしている周が妙に愛《いと》おしくて、つい口元が緩んでしまった。

「……何だよ」

「何でもないです。では、いただきますね」

可愛い人だなあ、とつい頬を緩ませつつ手を合わせて食材と作ってくれた周に感謝してから、スプーンを手に取る。

視線を感じながら周お手製のキーマカレーを口に運ぶと、どことなく優しい味がした。

恐らく、お互いに辛いものがそこまで得意ではないので、辛さは控えめに仕上げてあるのだろう。

多少の香辛料の風味は感じるものの、全体的にはまろやかで家庭的な味。ただ、それが何よりも美味《おい》しく感じた。

周が作った、それが何にも勝るスパイスだろう。

「……美味しいですよ」

「そっか、よかった」

素直に感想を言うと、周は安堵《あんど》したのか気を抜いたようにへにゃりと柔らかな微笑みを浮かべる。その姿がいつもより何だか幼くて可愛いと思ってしまうあたり、自分でも周にベタ惚《ほ》れな事を痛感した。

嬉しそうにしながら自分もとキーマカレーを口にする周に、真昼はもう一度食べてから過去の周の料理を思い出して「前より料理の腕上達しましたよね」としみじみ呟《つぶや》く。

周は致命的に料理が出来ない、という程ではなく、典型的な経験不足からの料理下手《べた》だった。

幸い味覚は普通、というより周の両親のお陰かむしろ繊細なものを感じ取っているくらいだし、物事を理論的に考えられる人なので、調理工程の意味を理解出来る人間だ。

なので、ある程度経験を積めば当然平均的には出来るようにもなるだろう。

「そりゃ母さんに教えてもらったレシピ見たし普段から真昼の手伝いしてるし自分でも休みの日に作る努力はしてるからな。進歩もするさ」

「ふふ、えらいですね」

「まあ、今回思い切り文明の利器《りき》に頼ったけどさ。味付けほぼ市販のルゥのお陰だし野菜はこの間買ってたやつで切ったから」

スプーンでキーマカレーの細かく刻まれた野菜をつつく周は、微妙に申し訳なさそうだ。

文明の利器というのは、先日購入したケースに野菜を入れて紐《ひも》を引っ張ると中に入った刃で簡単にみじん切りに出来る便利グッズの事を言っているのだろう。

時短と調理手順の簡略化の目的で買ったそれは、真昼より周の方が役立てている。

真昼も時間を惜しむ時は使うしあるものは使えばいい派なので、使う事にも使われる事にも何の抵抗もないが、周はほんのり思うところがあるらしい。

「必要だから作られて売られているので、使えるものは使えばいいんですよ。ちゃんと食べられて味が美味《おい》しければ問題ないですから」

「まあそれはそうなんだけど、包丁使うの上手《うま》い真昼の偉大さを思い知ってる。使う使わないと出来る出来ないはまた別問題だからなあ。出来るに越した事はないよ。料理だけじゃなくて、他の事もさ。真昼に頼りっぱなしになるのは悪いし、これから先家事が下手なのって困るだろ」

「確かに出来るに越した事はありませんが、周くんには買い出しとか力仕事とかしてもらっていますし、一緒に生活するなら分担した方が効率がいいですから。流石に洗濯物はご自分でしてもらいますけど、出来ない事があるなら一緒にしますし、補い合って生きていけばいいので」

別に周に完璧《かんぺき》を求めるつもりはない、という意味で伝えたのだが、何故か周は固まった後スプーンをカレーの上に落とした。

幸い皿の上だったからよかったが、床に落としたら掃除が地味に大変な事になるだろう。

少し柄《え》の部分にカレーがついてしまっていたので、テーブルの上に置いてあったウエットティッシュを一枚出して周に手渡そうとするものの、周はそのまま受け取りもせずにこちらを見ていた。

何か変な事を言ってしまっただろうか、とわざとらしく首を傾《かし》げてみせると、黒色の瞳は困ったようにあちらこちらと視線を移動させている。

「……いや、その、何だ。何でもない」

「何でもなくはない気が」

「いいの。ほら、冷めないうちに食べよう」

何かを言いたそうではあったが、その何かはもう聞き出せそうにないのも分かる。

これみよがしに不服そうな顔を作ってみるものの周はウエットティッシュを真昼から受け取ってスプーンを拭くだけで、喋《しゃべ》るために口を開こうとはしてくれなかった。

無言でキーマカレーを口に運ぶ周は、真昼の方を見ない。

そんなに辛くなかった筈のキーマカレーを食べて顔をうっすらと赤らめながらやや辛そうに息をこぼす周に、真昼もそっとため息をついて食事を再開した。

結局ご飯を食べた後はいつも通りだった。

普段通りに食器を一緒に洗い、課題を並んで済ませてテレビを見て笑い合って、寝るために自宅に戻った。

もう少し周の家に居たかったものの、早めに身支度を済ませて初のおやすみ電話に備えないとならなかったのだ。

身支度を終えてベッドに上がるはいいものの、自分の姿を見て真昼は思わずため息をついてしまう。

（……気合が入りすぎている気がする）

特にビデオ通話をする訳ではないのに普段より長風呂をした上無駄に髪と肌の手入れの時間を長く取ったし、寝間着もお気に入りの、千歳と一緒に買いに行った際に千歳が「絶対これ周好きなやつ」と断言したレースがあしらわれた白地のシルクのネグリジェ（ｎｏｔシースルー）を着ている。

女の子は見えない部分のおしゃれが大事だと理解しているが、これはおしゃれというより最早《もはや》戦装束《いくさしょうぞく》をまとったような気分だ。

ただ電話をするだけなのにこんなに気合マシマシでどうするのだ、と自問自答してしまう。

ここまで準備万端にしたくせに、真昼はスマホの通話画面を表示したまま動けない。

電話をすると決めたのはいいが、一体どういう理由をつけて電話すればいいのか。

基本的にお互い用がないなら連絡を取らないタイプなので、余計に分からない。通話なんて尚更《なおさら》しないので、おやすみ電話以前の問題だった。

（電話すると決めたけれど、もし迷惑だったら）

寝る準備の邪魔をしたり、もう寝ていて起こしてしまったら、それは迷惑なのではないか。翌日も学校があるし、電話で寝坊させたり寝不足にさせてしまうかもしれない。

考えれば考える程、躊躇《ためら》いが指先を支配して通話ボタンのタップ一つすらさせてくれなかった。

周の事を慎重で奥手だと思った自分の方がへたれでちょっぴり泣きたくなりつつ、どうしたらいいのか悩んでスマホを手にしたままころんと転がる。

スマホを胸元《むなもと》に載せて「やっぱりやめた方が」と呟きながら画面を閉じようとしたところで——軽快なリズムの音楽が流れ出す。

普段滅多《めった》に聞かない音が急に流れ出して一瞬呆《ほう》けてしまうが、すぐに通話の接続音だという事に気付いて飛び起きた。誤って発信してしまったようだ。

あ、と思って慌ててキャンセルする前に、スマホのスピーカーから『真昼？』と不思議がるような響きの声で自分の名が囁かれた。

数時間前に聞いた声音よりもどこか掠《かす》れて低い声なのは、もしかすると寝ていたからかもしれない。

やってしまった、と心の準備が整わないまま恐る恐る画面を見ると、見慣れたチャットアプリのアイコンが表示されていて、通話中とこれみよがしに表示されている。

『どうかしたか？　こんな時間に珍しい』

「え、い、いえ、その……な、何でもない、というか。ご、ごめんなさい、起こしましたか……？」

もし起こしてしまったなら自分の都合で睡眠を邪魔してしまったという事で。

幾《いく》ら周が自分に優しいからといってそれに甘え続けるのは身勝手すぎるだろう。

怒られても仕方ないと唇を噛《か》むと、スマホの向こうから小さな笑う吐息が聞こえた。

『いーや、寝る準備はしていたけど寝てはないよ。別に何でもなくてもかけてくれたらいいけど、急だったからびっくりして』

「そ、そうです、よね。ごめんなさい、急に……」

寝る前に約束なしに電話なんてさぞ迷惑だっただろう。

意気込んでいた自分が恥ずかしくなって声も尻《しり》すぼみになるのだが、周は穏やかな声のまま『そんなに謝らなくてもいいから。真昼の声聞けて嬉しいし』なんて優しく囁くものだから、余計に唇を噛んでしまう。

（……そういう所がずるい）

必要以上に真昼が気に病まないようにと気遣わせてしまった申し訳なさと、本人が気付いているのかいないのか、甘やかすような言葉と声がまるで愛しげに紡《つむ》がれた気がして、今までとは違う意味で心臓が痛くなっていた。

とくとくと自分でも聞こえる心臓の音に気恥ずかしさとくすぐったさを感じて押し黙る真昼に、周は微《かす》かに笑った気がした。

『……眠れなかったのか？』

責めるでもなく、ただ確認のために柔らかな声で問いかけられるが、真昼は上手く返事が出来ずに黙ってしまう。

電話した理由が身勝手すぎる上に直接的に説明が出来ない類《たぐい》の目的で、周に説明なんて出来るわけがない。

ただ夜分に電話をかけて理由も言わないのは不誠実なので、どう説明したらと頭を抱える事になっていた。

『俺も眠れないから、もう少し通話続けてもいい？』

素直に打ち明けるには恥ずかしすぎると固まっていた真昼に、強張《こわば》りをほどくような、ひっかかりのない滑《なめ》らかで穏やかな声が届く。

どこまでも優しい声は説明なんて求めておらず、ただひたすらに静かで温かな心を感じた。

「……はい」

自分がとてもずるい人間だと理解はしているが、もう何も言えず、ただ周の優しさに甘えてしまう。

きっと、周は真昼が寝付けないから不安でかけてきたと思っているのだろう。

以前昔の夢を見てやや魘《うな》されていたのを見られた、というのもあるかもしれない。

真昼が静かに了承した事にほっとしたような吐息をこぼした周は、そのまま小さく笑った。

『よかった。……なんか、こうして電話越しに話すってなかなかないから、新鮮だな』

「そう、ですね。基本的に一緒に過ごしてますから何かあれば直接言えばいいですし」

『近いからこそ、って感じだよなあ。いつも隣に居るから、そのまま伝えていたし。……こそばゆいな』

「……はい」

こうして隣の家に居るのに、普段から側で過ごしているのに、電話を介するだけで途端に特別な時間のように感じてしまう。

微かな笑み混じりの吐息がスピーカーから聞こえると、その吐息がゆっくりと肌をなぞるようなくすぐったさを錯覚した。

心地よくて、少しだけもどかしい。

横になり、微かに体をよじって楽な体勢を取りつつ耳を澄ませる真昼に、電話の向こうの周は『そういえば』と話題を見つけたように声を上げる。

『聞きそびれてたんだけどさ。今日、真昼は千歳と遊んだんだっけ』

「はい。といってもカフェに行ってお話ししたくらいなんですけど」

『いいじゃんゆっくり出来て。楽しかった?』

「ええ。千歳さんと一緒に居ると釣られて元気になっちゃいます」

『そっか、楽しかったなら良かった。二人で遊ぶ時って何してるんだ』

「別に、特別な事はしないですよ？　カフェでお茶したり、お買い物に行って服とかアクセサリー見たり、映画見たり……結構普通ですよ」

『へー。てっきり俺は千歳がいろんな所に連れ回してるのかとばかり』

「千歳さんが聞いたら『失礼しちゃう』って怒っちゃいますよ？」

アクティブな千歳のイメージがあるからこそ行動範囲が広いと思っているようだ。

確かに千歳はアウトドア派であり、いろいろな所に足を伸ばすが、無理矢理真昼を連れて行く訳ではないし、普通の女子高生が遊ぶ範疇《はんちゅう》の遊び先が多い。

真昼は千歳と知り合うまで、あまり遊びに行く事自体少なかったので、こうして手を引いてもらえるのはとてもありがたい事だと思っていた。

『あいつはたまに俺が行かないような所の情報やツテまであるからなあ、やっぱ真昼が知らない所に連れて行かれるのはちょっと怖い』

「まあたまに知らない所に連れて行ってもらいますけど、流石に安全な所ですし面白《おもしろ》いですよ。この間ボルダリング出来るって所に連れて行ってもらいました。流石に私もした事がなかったのですけど楽しかったです」

『ああボルダリング。俺は昔母さんに連れられて地元の所行った事があるけど、まあ登れないのなんの。運動音痴ってほどでもなかったんだけどなあ』

「ふふ、今ならちゃんと出来るかもしれませんよ？　筋トレ頑張ってますもんね」

『ちょっとは逞《たくま》しくなってたらいいんだけどな。今度そのジムに案内してくれ』

「……はい」

するっと、何の違和感もなく頷《うなず》いたが、よく考えれば今のはおでかけの誘いだろう。周も特に気負った様子はなく、自然な態度だ。

（……デート、に、なるのかな）

そのボルダリング施設に行く事だけ考えれば千歳に聞けばいい訳で、真昼に案内してと頼むなら、それは真昼と行きたいから、という認識でもいいだろう。

行く先が色気ない、と千歳には言われてしまいそうだが、周からの誘いに真昼の唇は自然と緩んで弧を描いていた。

「周くんとおでかけ、嬉しいです」

本当に素直に気持ちを口にしてへにゃへにゃと笑ってしまうのだが、どう頑張っても表情は締まりがない。

ここに周が居なくてよかった、と心の底から思う。こんなに簡単にゆるゆるになってしまう表情など見せられたものではないだろう。

好きな人と二人でお出かけ出来る、と喜んでベッドの上をころんころんと転がる。

これだけで電話してよかった、と幸せな気持ちになって力が抜けてしまうのは、単純なのかもしれない。

通話を始めてもまだ残っていた微かな緊張は消えて、逆に安心のせいか一気に睡魔が訪れてくる。

幸せな気分だから、余計にその感覚に浸《ひた》らせるために、眠気を呼び寄せているのかもしれない。

少し瞼《まぶた》を持ち上げるのが億劫《おっくう》になった事を自覚しながら声に出さずに笑っていると、スマホの向こうから『……あのさあ』と小さな声が聞こえてきた。

『気になった事、聞いても、いい？』

「……気になった、事？」

急に何なのか、と緩やかに訪れる微睡《まどろ》みに少し抵抗するように返事すると、どこか躊躇いがちな声が続く。

『その、真昼は、今日、どういった意図であぁいう事言ったの。補い合って生きていく、のくだり』

いつもより歯切れの悪い声での問いに、真昼は少し考えてからゆっくりと唇を動かす。

「……いつも、私と周くんは、一緒に居るでしょう？　こうして、ずっと……一緒なら、互いの出来ない事を助け合って、暮らすのが、効率いいですよね……って」

当たり前だが、出来る人が出来る事をした方が効率がいい。

力仕事を真昼がしようと思ったら時間がかかるし、もしかしたら女性の身体能力では出来ない事もあるかもしれない。

料理は周がすれば材料の無駄が出たり余分な時間がかかるかもしれない。

二人居て、それぞれの得意分野を担当すれば楽が出来るというのなら、そうした方がいいに決まっている。

うとうととしているせいで多少声に芯《しん》を持たせられないまま答えると、周もどこかはっきりしない声で『……いやまあ、そうなんだけど、そういう事を聞きたいんじゃないっていうか』とこぼす。

では、どういう事なのだろうか……と微かに喉を鳴らして問いの代わりにするのだが、周から答えが返ってくる事はなかった。

『いや、いい。……正確なニュアンスを求めると、俺がしにそう』

「……なんで……?」

『何でも。気にしなくて結構です。聞かなくていいです』

お得意の敬語での突っぱねは、これ以上は答えませんという周の明確な意思表示だ。

こうなると周は粘っても言わない事がほとんどなので、しつこく聞かない方がいい。いいから、と言って真昼を宥《なだ》めにかかる事がほとんどだ。

『俺の事はいいから。……それより真昼、眠いよな？』

どうやら、声で真昼が眠気に負けかけている事に気付いたのだろう。

『じゃあそろそろ通話切って、』

「……やだ。もぅ、少し……」

真昼も我ながら子供っぽいとは思ったが、もう少しだけ、周の声を聞いていたかった。

こんな機会はほとんどない。

こんなにも周の声に集中出来て、微睡む事が出来る機会なんて。

自分勝手にも程がある、と少しずつ緩んで溶けていく理性で留《とど》めようと考えてしまうが、それも『分かった』という優しい声が全《すべ》ての躊躇いを溶かしてしまう。

許してもらった、という事に安堵して、ぽかぽかとする胸を押さえながらシーツの上に転がしたスマホに神経を向けた。

「……周くんのこえ、おちついていて、ここちよい、です」

『そんな事初めて言われた気がする』

「そう、ですか……？　やわらかくて、やさしいこえで、ふわふわします」

低すぎず澄んだ艶《つや》のある声の調子はひたすらに穏やかで、甘さすら感じる柔らかいもの。

そんな声でそっと吐息混じりに優しく囁かれると、体から力が吸い取られたかのように抜けていく。

それは不快なものでなくて、むしろ心地よい。

自分だけが聞ける、他の誰でもない自分だけに向けられる声は温かくて、ゆっくりと幸福感に満ちた微睡みの海に誘われる。

声が体に染《し》み込《こ》むにつれて体がふわふわと浮いたような感覚を覚えた。

(……もっと、ききたい)

たくさん、その声で名前を呼んでほしい。

『……そんなにいい?』

「あまねく、の、こえ……すごく、すき、です。もっと、なまえ、よんでほし……」

名前を呼ばれる事が、一番好きだ。

周と出会うまで呼ばれる事のなかった、名前。

子供なんて愛していないくせに名前だけは両親の名である朝と夜の間を取ってつけられた名前が、真昼は好きではなかった。

けれど、周に出会って恋してから、自分の名前を好きになれた。

周に、天使様でも椎名《しいな》家の人間としてでもなく、ただの真昼として呼ばれるのが、いっとう好きだ。

こうして囁かれると、満たされた気持ちになる。

温かくて、幸せな気持ちになる。

ふわふわと定まらない思考で名前を乞《こ》う真昼は、電話の向こうで周が息を詰まらせたような、何かをのみ込みそこねたような音が聞こえた事に首を傾げた。

『真昼さあ』

何か言いたげな声で名前を呼んでくる周に、真昼はよく分からないまま瞳を閉じる。

こうすれば、周の声に集中出来ると分かっている。

幸福感に浸るように穏やかな心持ちで聴覚に意識を向けると、そっとため息のような呼吸音が僅かに聞こえた。

『……いや、気にしないでくれ』

何かを言いかけて、やはりやめたと言葉を続ける事なく、スピーカーには小さな吐息を響かせるだけ。

その一定の音すら真昼には嬉しく、微かに喉を鳴らして、ふわりふわりと揺らぐ思考を捕まえる事すら諦めてただただ心地よい沈黙の中を漂う。

うと、うと、と自分の思考が先程よりも定まらないものになっていたのが、どこか他人事のように理解出来た。

『真昼』

少しの、真昼にとっては長い沈黙の後、周の慎重そうな、確認するような小さく吐息に掻《か》き消《き》えそうな声が聞こえる。

返事をしなくては、と声を上げようとしたが、安らかとも言える倦怠感《けんたいかん》が声を言葉として発する事を許してくれなかった。

喉を鳴らしたような小さく掠《かす》れた声を上げるのが精一杯の真昼に、周はそっと笑うように吐息を落とした。

『……おやすみ、真昼』

先程よりも優しく甘い声がゆるりと耳朶《じだ》をくすぐったところで、真昼はもう抗《あらが》い難《がた》い睡魔に耐え切れずに身を任せた。


翌日の夕方、いつもと同じように学校から帰って身支度を済ませて周の家を訪ねると、微妙に不機嫌そうな周と対面する事になった。

リビングに入る前の廊下でむっすりとした周が待ち構えていたのだ。

「あのさあ、寝る前に電話するのは控えた方がいいんじゃないか」

学校でも何か言いたげな顔をしていたが流石に話しかけに行く訳にもいかず、こうして二人きりになってから聞こうと思っていたのだが……まさか文句を言われるとは思わず、眉が下がってしまう。

(昨日、まさか私は周くんに粗相《そそう》をした……？　もしかして、自分から電話をかけておきながら寝落ちした事にご立腹……？)

昨夜電話をかけたが、途中から眠気に襲われて記憶が曖昧《あいまい》になっている。

半ば寝惚《ねぼ》けに近い状態だったので言った事をあまり覚えていないが、もしかすると周の反感を買うような事を言ってしまったのかもしれない。

変な事は言っていないと信じたいが、周のジト目を見るとそれも自信がなくなってくる。

「な、何か私は粗相を……」

「そういう訳じゃないけど、真昼が寝惚けてるのを人に見せたり聞かせたりするのは、色々やばいと思う」

やや強張《こわば》ったような声で大真面目に注意されて、真昼としては余程だったのだろうと申し訳なさが浮かんでくる。

「それは耳を汚してしまったと」

「そうじゃなくて……だから、……緩いから、他人に聞かれると、まずいと思う」

「……緩い？」

「とにかく、だめ。よくない」

「……周くん相手でも、ですか？　嫌なら……」

「嫌じゃないけど、だめ。俺相手が一番だめだと思う。心臓に悪いし、ほんと、いろいろもたないというか」

「もたない？」

「いいから」

徹底的に理由は説明しないようにする周に不満も露《あら》わな眼差しを向けるが、周は譲ろうとはせず「とにかくだめ」の一点張りで、あまりの埒《らち》の明かなさに周の二の腕をぽすぽすと緩く握った拳《こぶし》を押し付けて不服を申し立てておく。

何か大切な事が隠されている気がして、居心地が悪い。

変な事を口走ったのではないか、と若干不安になりつつ周に説明を求めると、周は困ったように眉を下げた後、分かりやすくため息をついた。

それが呆《あき》れから来るものだと思い体を震わせる真昼に、周はそっと手を伸ばす。

節くれの見える指が、頬にかかる横髪をゆっくり撫でるように退《ど》けて、耳が空気に触れる。

隔てるものがなくなった耳に、周は軽く屈《かが》んで緩慢な動作で顔を近づけて。

「真昼。いいから、だめ。……いいな？」

耳元で、宥《なだ》めるようで反抗を許さない、優しくも艶のある低い声が耳に触れて、ぞわぞわとした奇妙な痺《しび》れが一気に背中を撫でるように駆け上がって「わにゃっ⁉」とひっくり返った声が口からこぼれてしまう。

体を走るのは寒気というよりは得体のしれない甘い痺《しび》れ。

体から力を根こそぎ奪うような声に、芯から溶かされたように腰が抜けてそのまま後ろに尻もちをつきそうなところで、咄嗟に背中に手を回して引き寄せた周の胸に飛び込む事になった。

はくはくと口を動かしたものの、声は上手く出ない。

（……なんて、声を）

自分も、周も、人に聞かせてはならないような声を出した。

真昼のは、あまりに情けないという意味で。周のは――。

「……大丈夫か？」

へにゃへにゃと体に力が入らなくなった真昼に、周が心配そうに声をかけながら真昼を抱えて運ぶので、真昼は力が抜けたままソファに運搬されてしまった。

以前よりも軽々とした動作に随分と変わったなと心の片隅で感心しつつ、先程の声を脳内が勝手に反芻《はんすう》してその感心も全て胸の高鳴りと疼《うず》きに変換してしまう。

「真昼って、めちゃくちゃ耳弱いな」

未《いま》だに心臓がばくばくと音を立てて荒ぶっている真昼を見て、小さく、ぽつりと呟く周に、真昼は慌てて隣に腰かけた周の服の裾《すそ》を摑む。

「ち、ちがっ、これはその、周くんの声が……っ」

「声が？」

「……ものすごく、よくないです。とてもよろしくないです」

いつからそんな色香のある声が出せるようになったんだ、という意味を込めて隣の周をジト目で見上げると、周はきょとんと目を丸くした後これみよがしにため息をついた。

「……俺も、昨日種類は違えどそういう気持ちを味わったので、お互い様だと思うんだけどな」

「え」

「とにかく、だめ。いいな？」

詳細を聞く前に肩を軽く摑まれて、今度はただ優しい声音で子供に言い聞かせるようにまっすぐに目を見て言われたので、真昼も流石に素直に頷いてしまう。

恐らく嫌だと言えばここぞとばかりに耳元で頷くまで囁かれる。

真昼も自分が訳の分からない感覚に支配されるのは困るので、今回は大人しく引き下がった方がいいだろう。

後から不服そうに視線を向けると周は大真面目に真昼の耳にそっと手を添えて牽制《けんせい》してくるので、もうこの話題は出さない方が身のためだと学んで口をつぐむ。

（……なんだか、私が意識しただけのような気がする）

周にも自分を意識してほしくてこうして側に寄ったり電話をかけたりしたのに、結局真昼だけが強く周を意識して終わってしまった。

最早途中から真昼が周にどきどきして落ち着かない様子を見せるだけになっていたので、目論見《もくろみ》は失敗したと言っていいだろう。

なかなか上手くいかないな、と思いながらも、普段見る事の、聞く事のない周の一面を知れて満足したのも、寝る前に声を聞けてとても幸せな気持ちで眠りに就けたのも、事実だ。お互いに意識しすぎてぎこちなくなるよりは、これでよかったのかもしれない。

「……ちょっとだけ、残念です」

小さく呟いて、まだほんのりと残る羞恥《しゅうち》をのみ込んで抑えるように口を閉ざした。

# あとがき

本書を手にとっていただきありがとうございます。
作者の佐伯《さえき》さんと申します。お隣の天使様シリーズ初の短編集となりますが、楽しんでいただけましたでしょうか。

いやまさか短編集出してもらえるとか思ってなかったよね。4巻で周《あまね》と真昼《まひる》の関係が一区切り出来たからこその短編集といった感じですが、こうして本編では描かれなかった事を描ける機会をいただけてありがたい限りです。

本編は基本的に周くんが知覚する事しか分からないので、裏でこういう事があったんだよーと楽しんでいただける（と思いたい）お話が詰まってます。

改めて思いますが真昼さんほんとに周くんの事好きだな……。べた惚《ぼ》れじゃないですか。これで何故自信持って告白出来なかったのかと思います。そう書いておいて変な話ですが。

周くんがへたれなのは否めないのですが話を重ねる毎にどんどんスペック高くなっていく上天然ジゴロみも増してるので真昼さんもやきもきがどんどん増していってますね。

頑張ればスパダリも夢ではないぞ、頑張れ周くん（でも周くんをスパダリと言い切るのは微妙に解釈の違いを感じる)。

今回真昼さん視点だけではなく千歳《ちとせ》や樹《いつき》といった周達を外から見ているキャラクター側のお話も入ってますが、割と真面目なお話になってしまった感が否めません。

何だかんだ樹や千歳、優太《ゆうた》も苦労してきてます。

樹と千歳のあれこれのせい(というのも悪いですが)で若干とばっちりトラウマを得た優太には申し訳ないと思ってます。彼は自分への被害&友人二人の恋愛いざこざを間近で見てしまった事によって周くんとはまた違う恋への奥手さがあったりなかったり。いつか素敵な彼女が出来るといいなと思ってます。

それから今回もはねこと先生の素晴らしいイラストで彩っていただきましたがどれもよきよきのよきです。今回の表紙は通常版と特装版と特装版小冊子と三種類な訳ですが、それぞれ破壊力抜群です。どれも好きです。

特装版小冊子のイラストはツイッターでの投票で小悪魔真昼さんに決定しましたが小悪魔すぎませんか？　魔性の女まひるんです。色っぽいけどいやらしい訳ではないえちち具合がとても良いと思います(何言ってるんだこの人)。

そしてなんでこのシーンで真昼の姿がよく見えないんですか!?という所が今巻にはあったかもしれません。
そうですねお風呂シーンですね。
これには深い訳があったというかやっぱりお風呂シーンは周くんといっ（ここで文字は途切れている）
さておき、まあいつかの機会に見られる……かもしれないよ！　いつかね！　たぶんね！

それでは最後になりますが、お世話になった皆様に謝辞を。

この作品を出版するにあたりご尽力いただきました担当編集様、ＧＡ文庫編集部の皆様、営業部の皆様、校正様、はねこと先生、印刷所の皆様、そして本書を手にとっていただいた皆様、誠にありがとうございます。

また次の巻でお会いしましょう。次は本編だよ！

最後までお読みいただきありがとうございましたー！

# ファンレター、作品の
# ご感想をお待ちしています

〈あて先〉

〒105-0001
東京都港区虎ノ門2-2-1
SBクリエイティブ（株）
ＧＡ文庫編集部 気付

「佐伯さん先生」係
「はねこと先生」係

**本書に関するご意見・ご感想は**
**右の QR コードよりお寄せください。**

※アクセスの際や登録時に発生する通信費等はご負担ください。

https://ga.sbcr.jp/

# お隣の天使様に
# いつの間にか駄目人間にされていた件 5.5


発　行　2022年1月31日　初版第一刷発行
2024年10月18日　第十七刷発行

著　者　佐伯さん

発行者　出井貴完

発行所　SBクリエイティブ株式会社
〒105-0001
東京都港区虎ノ門2-2-1

装　丁　AFTERGLOW

印刷・製本　中央精版印刷株式会社





ISBN978-4-8156-1199-6

Printed in Japan　GA 文庫

世話好きな隣人にいつしか心溶かされる
焦れ焦れ甘々ラブストーリー

# TVアニメ化決定!!!

TVアニメ お隣の天使様にいつの間にか駄目人間にされていた件

## CAST

藤宮 周：坂 泰斗　椎名真昼：石見舞菜香
赤澤 樹：八代 拓　白河千歳：白石晴香

## STAFF

原作：佐伯さん　キャラクター原案：はねこと　監督：今泉賢一
シリーズ構成：大知慶一郎　キャラクターデザイン：野口孝行
音楽：日向 萌　制作：project No.9

アニメ公式サイト https://otonarino-tenshisama.jp/

アニメ公式Twitter @tenshisama_PR

お隣の天使様にいつの間にか
駄目人間にされていた件
She is the neighbor angel, I am spoilt by her.
原作 佐伯さん (GA文庫／SBクリエイティブ刊) 原作イラスト はねこと
作画 芝田わん 構成 優木すず
素っ気ない
だけど可愛い
世話焼き美少女との
ガンガンGA
マンガUP!
(スクウェア・エニックス)
にてコミカライズ
2022年1月よりスタート
spoilt by he

甘くて焦れったい恋の物語